沉默大佛与无言石碑

张平 著

作家出版社

张平

　　民盟盟员，当代作家。祖籍山西，生于西安。历任山西省文学艺术界联合会副主席，山西省电影家协会主席，山西省作家协会主席，民盟山西省主委，民盟中央副主席，山西省副省长，中国作家协会副主席，中国文学艺术界联合会副主席。

主要作品有——

短篇小说《祭妻》《姐姐》等。

中篇小说《妮儿》《血魂》《永久的悼念》等。

长篇纪实文学《孤儿泪》。

长篇小说《法撼汾西》《天网》《凶犯》《红雪》《抉择》《十面埋伏》《国家干部》《重新生活》《生死守护》《换届》等。

杂文、散文、短篇小说集《我只能说真话》《沉默大佛与无言口碑》《祭妻》等。

《张平文集》两部。

先后获得"全国优秀短篇小说奖"、"庄重文文学奖"、"金盾文学奖"金奖、"赵树理文学奖"、"曹雪芹华语文学大奖"、"吴承恩长篇小说奖"、"当代文学奖"、"茅盾文学奖"、"中国图书奖"、"国家图书奖"等,先后八次获得"五个一工程"奖。长篇小说《抉择》获第五届茅盾文学奖、"建国50周年献礼作品",入选"建国70周年70部优秀长篇小说"。

长篇小说均被改编为影视剧,先后获得"金鸡奖"、"百花奖"、"华表奖"、"大学生电影节最佳影片奖"、"上海国际电影节金奖"、"五个一工程"特别奖、"建国70年献礼影片"等。

作品已被翻译为英语、法语、俄语、日语、意大利语、葡萄牙语等多国文字。

目　录
CONTENTS

001　沉默大佛与无言口碑

019　从汾酒说开去

027　德隆望尊，天高地厚

043　父亲的眼神、号啕和愤怒

097　富贵还乡与锦衣夜行

117　拮据的中国诗人和曾经富有的俄罗斯作家

153	老百姓让你心惊肉跳
162	茅台酒的过去、当下和未来
172	鸟巢、鸟蛋和幸福感
185	如果你输了,我和你一起坐被告席
209	山药蛋派最后一位主将离去
215	一个大写的人,一部大写的书
235	愿老师的大爱和温情洒满人间
245	刀郎的歌声,撼动了谁的心弦?
283	跟着《黑神话:悟空》游山西

沉默大佛与无言口碑

中国名震海内外的几大石窟,云冈、龙门、莫高、麦积山、大足、克孜尔、炳灵寺、响堂山……大致都去过。鬼斧神工,石破天惊,镂骨铭心,登峰造极。

身为山西人,感念最多的自然还是大同云冈石窟。

第一次见到云冈石窟,应该是二十世纪八十年代初期。大学刚毕业,发了几篇小说,还获了全国优秀短篇小说奖。那时的我,一腔气吞山河之感,浑身叱咤风云之态,踌躇满志,雄视天下。记得那一天清晨,一路摇晃颠簸,七弯八拐,终于看到这一座座神态超然,静谧庄严的巨型佛像时,心怦然一跳,几乎一下子就沦陷了。第一个感觉,就是觉得自己的豪迈和高傲,实在太渺小太可笑了。一尊尊巨佛,不嘈杂,不争辩,不设防,不审视,就那样静静地面对着你,露出那种根本察觉不到的或微笑,或冥思,或怜爱,或宽慰,于是你就像被什么击中了一般,一如醍醐灌顶,立刻就清醒过来并明白了什么才是真正的文化力量。大美无言,大象无形,大爱无疆,大音希声。

也许文化就是这样,一见倾心,豁然贯通,山摇地动,深陷其中。你能感觉得到,认定无处不在,以至神牵梦绕,蔓延不绝,终身终世,但却始终无法清楚地把它描绘和叙述出来。

回去好久好久了,令我怦然心动的巨佛,依然会时不时浮现在眼前。

几十年间,去过云冈石窟的次数已经数不清了。

去云冈石窟多的一个重要原因,因为我在省政府工作的那几年分管文物,而那时国家文物局局长是单霁翔,大同市长是耿彦波,他们还有两个共同的好朋友,冯骥才和韩美林。

他们几个,都对云冈石窟爱得死去活来,活像自己的命根子一样。

那一天记得已经很晚很晚了,大约深夜12点,突然接到了红机电话。我先是愣了一愣,紧接着吓了一跳,省委书记的嗓音。这么晚了,一定是大事!还没等我反应过来,书记严厉的声音便跟了过来:"耿彦波在云冈石窟干什么了,你知道吗?"我正琢磨着该怎么回答,书记又来了一句:"国家文物局单霁翔你熟吗?"

我赶忙回答:"熟悉,政协我们在一个组。"

"那你明天一早就赶到大同去,单霁翔明天也一早到。耿彦波这些天在云冈石窟不知道都折腾了些啥,让人告到国家文物局了。单霁翔给省委省政府和国务院批写了好长一段话,口气十分严厉,看样子连咱们也一起告了。咱们是文物大省，文物上的事都是天大的事，必须尽快把问题解决了。明天见了单霁翔，先表明态度，全力配合调查，然后再看看到底是什么问题。记住，有问题先解决问题，解决了再了解原因，解决不了力争不扩大事态。去了先给耿彦波说，就说是我说的，今后有关文物方面的事情，不论大小都必须先给省委省政府汇报。不要等到都捅破天了，还在那里一个人遮遮掩掩，死扛硬扛……"

省委书记的声音不大，但听得出来，书记很在意，也很生气。宝顺书记是个作风十分严谨的领导，之所以半夜打来电话，估计单霁翔的那一段话，确实把问题写得很严重。

耿彦波市长在大同维修云冈石窟的事，我自然是知道的。但具体要把云冈石窟修复成什么样子，目前正在实施怎样的工程，采取什么样的措施，工程到了哪一步，自己并不是十分清楚。作为大同市市长的耿彦波，既是专家，又是领导，在文物维护和修复方面，政绩卓著。王家大院，榆次老城，绵山开掘，晋祠重修，蒙山巨佛，几乎都是他的杰作。这些地方至今都是旅游胜景，名闻天下，即使是文物专家也都心悦诚服。耿彦波想干什么，跟着他干就是了，一般也没有什么人会对他的工程指手画脚，说三道四。

但这次不同，省委书记的电话刚放下不久，省政府秘书长、省文物局、省委办公厅的电话也都一个接一个打了过来。

一个意思，国家文物局局长单霁翔把耿彦波市长正在维修云冈石窟的行为几乎说成是"对文物的极大破坏，将会对这一历史文化遗产造成难以估量的重大损害……"

第二天六点多赶到大同时，没想到单霁翔早已在五点前就赶到了云冈石窟。

单霁翔虽然认识，但对这个面相和蔼的局长并不真正了解。平时在政协开会，他总是抱着一大摞子提案，挨个让政协委员们联名会签。他的那些提案，都是有关文物方面的提案，而且每次"两会"近百份的政协提案，几乎都是他一个人提出来的。那时候只知道他是一个负责任的局长，一直等到在政府工作分管文物后，才渐渐真正知道了单霁翔的厉害。这个国家文物局局长不抽烟，不喝酒，不吃请，不住套间，不坐头等舱。有人私下告诉我，这个局长刀枪不入，水火不进，脸难看，下狠手，认死理，拧巴得很，下面都头疼死了，很难对付。

耿彦波倒是很熟悉，但性格好像与单霁翔不大一样。啥也不在乎，不论是坐飞机还是坐汽车，一上来倒头就能呼呼大睡。不管到了什么地方，不管是啥样的房间，看也不看，不洗不刷，有时候连鞋也不脱，往床上一滚立刻就鼾声如雷。第二天从凌晨四点去工地检查，到七点回市政府工作，然后一直忙到深夜，周而复始，一切如故，几个司机秘书都跟着他累垮。也许是太累太困了，倒头睡，埋头吃，好像根本不关心住的坐的是啥，吃的喝的是啥。

也有人说，这个耿彦波其实更难对付，翻脸比翻书还快，今天还跟你一起吃喝，明天收拾起你来，就像从来不认识你一样。传说有一次在工地上看到一个局长偷工减料，欺上瞒下，被他当场揭穿，捡起一根工地上的棍子把局长赶得抱头鼠窜。我曾问过耿彦波是不是有这回事，他笑笑说，都是瞎传。不过看他那样子，也不知是真是假。

这两个人到了一起，天知道会发生什么事情。想起昨晚书记嘱咐我的话，突然担心起来。说实话，对行政工作，自己初来乍到，完全是门外汉，面对着这样两位政界要员，问题究竟该怎么解决，心里一点儿没谱。到了大同早饭也没顾上吃，就直奔云冈石窟。

大同市区距离云冈石窟三十多里，这条路自己曾经走过无数次。

一路上让我诧异的是，过去土石裸露的大路两旁和光秃秃的山岗上，竟然已经一片翠绿，漫山遍野都已经栽上了树木。凹凸不平、尘土飞扬的沙土路，也完全变成了黑黝黝的柏油路。耿彦波在大同当了市长还不到两年，云冈就有了这种变化，不禁令我暗暗称奇。

闻名遐迩的耿市长，确实有两把刷子，名声还真不是吹的。

等在石窟大门口的市政府办公室主任一见面就对我说，单局长和耿市长一大早就在一起了，就他们俩，不带车，谁也不让跟，先是在沟里转，这会儿又爬到山上去了。主任看看时间："你看你看，说是等你来了再吃早饭，可省长你看现在都几点了，我们都饿得前心贴后心了，他俩好像都不知道已经快到吃午饭的点了。"

利用这个空儿，主任把单霁翔发火的来龙去脉大致给我讲了讲。其实就一个意思，真正想把云冈石窟维护好，实在很不容易。

留传至今的大同云冈石窟，大规模的建造是从北魏中期起始，曾聚集数万工匠，凿山为壁，夜以继日，创立了这一举世称奇的人间瑰宝。

北魏极盛时，以平城（今大同）为都，北伐南征，横扫北燕，攻陷北凉，征服胡夏，收获河西，尽取关中，扩地千里，一统北方，结束了十六国百年纷争的血腥局面。在此之后，北魏王朝又在社会、文化、政治、经济等方面进行了一系列重大改革。召还流民，整顿吏治，注重教育，尊崇德行，兴利除弊，缓解社会矛盾，使得国力逐步增强。

北魏王朝最大的壮举，就是全面强行实施汉化，尊儒教，行周礼，建太庙，正祀典，去长尺，废大斗，改重称，全国上下，一律汉服，举国迁都洛阳后，甚至下令改掉了鲜卑复姓为单音汉姓，大力提倡鲜卑人和汉人通婚，即使死后也不准还葬平城，可以说，完全是北魏王朝自己毫不留情地亲手毁灭了自己的落后文化。

今天看来，也许这就是文化的力量，而当时的汉文化，也确实是属于先进文化的范畴。先进文化的力量，是不可战胜的，即使你可以暂时毁灭了人们的躯体，断绝了它们之间的联系，但它仍然会顽强地存活并成长在一个民族的血脉之中。

延续至今的云冈石窟，一座座沉默的大佛，似乎在静静地守候和展示着历史上曾发生过的这一切。五胡十六国时，战乱频仍，血流成河，人们只能求助于这些无言的大佛，盼望能逃脱灾难，举家平安。等到国家一统时，世界和平了，人们又在这里纷纷祈祷，企望岁月静好，世世太平。

那时候的大同，和今天的大同已经相隔了一千八百多年。

北魏时代的大同，北依方山，东临马铺，西为武州，南靠盆地，地势自西北而东南逐渐降低，位置不高不低，面川而又依山傍水。盆地开阔，水网密布，土地肥饶，杂树交荫。处于广川之上，位于不倾之地，完全符合处国立都的优越条件。云冈石窟兴建于大同西郊，那时候的云冈"……挖池蓄水，开山引流，灌注园池，凿石切壁，因岩结构，真容巨壮。……弱柳荫街，丝杨被浦，长塘曲池，经水若泽"。处处美景，遂使云冈成为北魏时期皇家和黎民重要的礼佛与游乐场所。

但今天的大同，一是因为气候的变化，二是由于处处蓄水截流，三是受困于云冈四周诸多煤矿的开采，早已是水源枯竭，河流干涸。经年尘土飞扬，风沙遍野，特别是煤矿开采和二氧化硫造成的空气污染以及酸雨侵蚀，对云冈石窟的维护造成了极大的威胁。仅仅几十年，当初石窟外壁星罗棋布的万千石佛，今天已经所见无几。

耿彦波当了大同市长，第一件事就是对云冈石窟这座世界文化遗产，进行了大规模的全方位的维护和修复。关闭迁移十数座煤矿，改善生态，改道云冈石窟上方的运煤公路，封闭云冈四周山岭，截断所有私自偷观石窟的人行通道。还有一个重要举措，在石窟前沿的山沟和石窟四周的区域蓄水筑池，要把云冈石窟还原为一个洁净而又湿润的区域小气候。

当时单霁翔局长最为担心的恰恰就在这里，因为在告状信里面，也不乏一些专家的声音。如果把云冈石窟放置在一个潮湿的环境里，必然会对云冈石窟造成更大的侵蚀和破坏。

耿彦波当时带着单霁翔，其实就是一次现场解说，把当年流经云冈这一带的水道和池塘一一指说给局长。

单霁翔很可能就在那个时候，发现了这个干巴瘦的市长耿彦波，在维护云冈石窟工程方面，已经做了大量开工之前的考察和调研工作。

今天看来，这是一个真正的大手笔，连冯骥才也说，耿彦波这个举措，应该是从根本上解决了云冈石窟的维护问题。但这样一系列举措，也极大触动了很多人的利益。于是，就有了各种各样的检举揭发和告状信，就有了单霁翔雷霆震怒，严厉批示，连夜赶来调查，就有了省委书记半夜电话，让耿彦波凌晨四点就等在这里的文物事件。

其实这件事最终也就是一个很快就被证实了的误打误撞和误判。

耿彦波毫无私心，集思广益，认真调研，货真价实地做了一件了不起的事。耿彦波十分幸运，而云冈石窟也同样十分幸运的是，碰到了一个在工作上格外较真，对文物保护举措十分务实从善如流的单霁翔，居然连夜亲自赶到云冈石窟，非要把这件事弄个水落石出，明明白白。而且对就是对，错就是错，有了偏差，立刻予以纠正。如果换作另外一种性情的领导，作一个严厉的批示，也就完事了，至于工程对不对，有没有问题，那就再也不会过问了，这样一来，那耿彦波的这个黑锅可就不知道要背多久了，云冈石窟这个维护工程也不知要拖到哪年哪月了。

那天等大家看到他们两个从山头上走下来时，所有的人都有些发蒙。他们俩一路比比画画，滔滔不绝，情绪热烈，言谈不休，都已经好几个小时了，依旧毫无倦意。那模样，就好像两个好朋友，很多年没见面了一样。直看得我两眼发愣，什么叫惺惺惜惺惺，眼前就是。

我猜想当时他们之间肯定有过一番激烈的争执和交锋，当然也会有各执一词的诉说和辩解。但最终是怎么说服了对方，怎么感染了对方，那就不得而知了。

十几年过去了，今天看来，缜密的科学数据，完全证明了当时的举措对云冈石窟的保护功不可没，功德无量。

今天想来，不管是任何一方，当年他们的作为，都值得我们深思和敬仰。能做到这一点，真不容易。

这是我当副省长不久后，第一次碰到的一件十分头疼，也十分棘手的大事。头疼是因为省委书记深夜亲自打了电话，棘手是这两个人物都是有名的不好对付的人，让我这个一介书生根本不知道该如何应对。

没想到这么一个天大的难题，什么工作也没有做，就圆满彻底地解决了。

吃午饭时，单霁翔说："我回去就写报告，如何保护文物，大同就是一个标杆，云冈石窟就是一个典型事例。"

耿彦波一副十分谦虚的样子："局长指出了很多问题，做了很多指示，我们一定认真改正，认真完成。"

单霁翔对云冈石窟的维护确实非常投入，他当时甚至提出要用杭州西湖的办法，用钢化玻璃做成巨型罩子，就像罩住雷峰塔那样，把云冈石窟也整个罩起来。

这更是一个大手笔。

令人惋惜的是，云冈石窟巨型钢化玻璃罩子的设想还没落实，单霁翔就调到了故宫。也许这正是故宫的幸运，也就几年时间，平均每天工作十二个小时以上，单霁翔把故宫里里外外全部翻新，整个修复了一遍。金碧辉煌的故宫，焕发了原有的光彩。

耿彦波呢，在大同五年，他几乎完全复原了一座大同古城。去年我到大同，晚上游览古城，城墙上游人如织，热闹非凡，车水马龙，一片鼎沸。于今耿彦波已经离开大同十多年了，但那个导游一边给我们解说，一边仍无比自豪地说了无数遍"我们的耿市长"。

单霁翔到云冈石窟的那一年秋天，冯骥才和韩美林也来到了云冈石窟。听到单霁翔和耿彦波的事情，两个人异口同声地说，张平你一定要把这件事写出来，国家有这样的干部，才是老百姓的福气。

那天他们到了云冈石窟，在景点办事处，两位大家又写又画，劳累了几乎一上午。冯骥才一脸赤诚，画了好几张大画；韩美林挥笔如飞，写了差不多两百幅大字。两个人这么慷慨大方，就一个意思，你耿彦波当市长不易，为了修复文物古迹，处处求人，处处说好话，用我们这些字画，作为礼物送给他们，肯定让你求人办事能更容易一些。

后来一起观摩石窟，冯骥才对着巨佛说，这些文物保住了，文化也就保住了。只要大佛矗立在这里，我们的文化就消亡不了，也没人能消亡得了。

文物是文化的载体和根脉，保护文物就是保护历史，传承文化。文化并不是一成不变的，随着文明的价值演变，文化的外延与内涵都在不断地扩展和变化。当今所有延续至今的强势文化，无一不是不断吸收世界人类文明的结果，无一不是不断扬弃自身精华和糟粕的结果，无一不是守正创新，不断进步的结果。

北魏如此，大唐如此，宋明如此，当今时代也一样如此。

近两千年过去了，大佛无言，一直静静地伫立在这里。北魏至今，一代一代的皇亲国戚和大吏要员，人们早已都忘记了。只有大佛，只有文化，仍然经天纬地。一晃十几年又过去了，当年的英豪们都老去了，但单霁翔、耿彦波、冯骥才、韩美林这些人物依然活灵活现地呈现在自己的脑海里。

有这些人在，文化就在。有更多这样的人在，我们民族的文化就会千秋万世，历久弥新。

那一年耿彦波调离大同,大同上万群众上街请愿,希望他们的耿市长能留下来。我当时听到这个消息,感慨万分,但一点儿也不觉得奇怪。

口碑也是一种文化,并且是世界共有的一种特殊文化。

无言的口碑,像巨佛一样,会永远横亘在人们心中。

之后每当听到单霁翔、耿彦波的消息时,我总是止不住就想起了冯骥才那句话,国家有这样的干部,才是老百姓的福气。

国家有这样的干部,更是中国文化的福气。

从汾酒说开去

《人民政协报》的编辑邀我写一篇关于汾酒的文章,这可让我有些为难。我喝酒,也常喝汾酒,但到不了"喝酒必汾"的层次,定级的话充其量算是汾酒的木杆粉丝,比铁杆要差一级。而且我喝酒只是小酌,上升不到酒文化的境界,既无北齐武成帝"吾饮汾清二杯,劝汝于邺酌两杯"的豪情,也无乔羽先辈"劝君莫到杏花村,此地有酒能醉人"的风雅,更无王蒙先生在汾酒厂所题"有酒方能意识流,人间天上任遨游"的快意。我爱喝汾酒,第一我是山西人,"小人怀土"有一份乡情;第二我喜欢汾酒那"入口绵，落口甜，酒后有余香"的口感与韵味；第三就是我觉得汾酒和我的日常吃食如猪头肉、过油肉等很般配，很和谐；再有一条就是我欣赏汾酒曾经的"平民化"的价格政策，让人感到很实惠、很亲切。

说到这里我想起听过一件故事：上世纪八十年代末，汾酒以出口量大、名酒率高、成本低与得奖多而闻名，成为酒界的"老大"。当"老大"有"老大"的风光，但也有当"老大"的责任，事事都得做表率。当时的主流声音是，汾酒是老百姓的名酒。既然是老百姓的名酒，其价位当然要和老百姓接近，能让老百姓接受，面对1993年原材料价格上涨，汾酒逆势操作，反而把产品价格主动降了下来。正是没有顺势把价格提上去，使得当时作为白酒第一品牌的汾酒失去了价格制高点，拱手把高档白酒的地位让给了其他名酒。

当然，因为汾酒的名声大，又是老百姓最喜欢喝的酒，假酒也曾几度肆虐，甚至喝死了人，对汾酒的名声造成了极大败坏，以致让汾酒的销量长期低迷，让好多饭局敬而远之，避之不及。

以上变故证明市场竞争必然带来"物美价廉"也不是放之四海而皆准的铁律。当然市场规律的失灵，也有政治生态造成的价格扭曲。咱们的酒除了供普通百姓佐餐小酌、亲朋聚会之外，还有一项很重要的功能就是交际、应酬。用"无酒不成席"，再经演化嬗变也就有了礼品（甚至礼金）的功能。而传统的中国文化又赋予"酒"很多风雅脱俗的名声，似乎远离"阿堵物"，为它平添了一层厚厚的保护色。所以不管多么名贵的酒，无论桌面上喝，还是私底下送，施者与受者都心安理得，旁观者也见多不怪，如有提出异议者常被认为小题大做，甚至被人轻视蔑视。

即使在民间，送酒也渐渐成为十分平常的礼物。你看那些网络上的直播带货，有时候一些白酒甚至被卖成了"白菜价"。于是，如此强烈的社会需求必然造成"酒"这个载体物美价不廉，特别是一些高档名酒，更是越贵越好。

对于高档名酒，价格越来越高，不能武断地确定这就是时下礼品酒在包装上争奇斗艳，价格上"一山更比一山高"的全部原因，但无疑应是重要的原因之一。再说句题外的话，这种酒买的是谁，花的是谁的钱，落的是谁的肚？每人心里都会有个答案，虽不尽相同，但相去亦不远，不是说"人民的眼睛是雪亮的"吗，但在酒桌上，雪亮的眼睛常常也会迷糊起来。

喝酒迷糊了眼睛的更多是一些行政公务人员，甚至还有一些老师。我认识的一个有才华和魄力的县委书记，就是因为酒后失态，断了自己的前程。实话实说，酒后失态，大致有这样几种，一是只要一喝酒，就止不住地要闹腾，纯属体质问题，根本把控不住；二是借酒撒疯，把自己平时不想说，或者不能说，甚至不敢说的，趁酒后胆壮，把一些人痛骂一通，狠狠地发泄一下情绪；三是酒后真的无德，喝了酒，恣意妄为，原形毕露，甚至骚扰女性，辱骂下属，任意攻讦他人，言语丑陋不堪。

近几年来，媒体报端屡屡披露少数公务员酒后无德的丑行，一时之间善良的人还难以把这些无耻、无人性的荒唐举动与那些平日里道貌岸然的官员联系起来。然而柔弱如水的酒却像一面魔镜把一些虚伪的丑类、卑劣的灵魂、丑恶的行径清清楚楚地展现给大家看。人们不禁要问：是权力让他们变得如此丑恶，还是他们的本性使然，若是前者，表明我们应该进一步加强对权力的监督；若是后者，我们应该更加从严审查选拔官员的道德操守。

这些年，禁酒在一些部门已经成为铁律。酒后驾驶，违规喝酒的各种行为，屡屡被判刑被处分的行政人员数不胜数，于是又有一些人疾呼，这样的处理是对人才的极大浪费和损失。实话实说，如果这些人是诗人、画家、歌唱家、钢琴家、科学家，这种说法也还在理。如果指的是一些公务人员，是一些领导干部，像这样的人才，浪费就浪费了，损失就损失了吧，中国庞大的干部队伍，最不缺的就是后继之人。

　　说些古人的事吧，苏东坡要算是古人中仅次于李太白的酒仙了，虽无"斗酒诗百篇"的壮举，但论写酒诗文我们苏学士不排第一，也排第二，特别是中年之后仕途坎坷，他的生活和创作都离不开酒。就是这位"使我有名全是酒，从他作病且忘忧"的酒徒文豪，也有另一面豪情壮举。宋熙宁十年（1077年）四月，苏轼来徐州任知州，七月黄河在澶州（今河南濮阳）决口，大水直奔徐州。八月水及徐州城下，至九月大雨昼夜不停，洪水雨水，一起涌向徐州城，水势汹涌，高出城中平地一丈九尺。为了保护城池，鼓舞人心，苏轼当众誓言："富民若出，民心动摇，吾谁与守？吾在是，水绝不能败城！"他昼夜吃住在城上，亲率民夫和禁军，与洪水斗争了三十多天，终于解救了被大水围困三个月的徐州城。"水穿城下作雷鸣，泥满城头飞雨滑。黄花白酒无人问，日暮归来洗靴袜"即是当时写照。抗洪胜利后，他在东门城墙上新建两层高楼，取名

"黄楼"。在落成典礼这天,苏轼在楼上摆酒设宴,全城万人空巷前来庆贺。

作风豪放,嗜酒如命的大名士苏轼一旦做了公务员(州长),他便忠实履行职责,不问黄花白酒,大水当前毅然率民抗洪,正因他心系百姓,所以当徐州人民听说他要调离时,乡亲们送花献酒,纷纷挎挽马头,甚至割截马镫,不愿让他离去,至今思之那场面应该是相当悲壮感人的。唐寅在《禹恶旨酒》文中说:夫圣人身任斯道之寄,则其心自有不能逸矣;……然而天无二道,圣无二心,其忧勤惕厉一也;……禹则至严于危微之辩,而闲之也切,旨酒则恶之,善言则好之,盖遏祸于将然,而广忠益以自辅也;……即是而知,数圣人所生之时虽不同,而心则一也。心一故道同,三代之治所以盛与!

文章虽是八股,其中道理却值得借鉴。"三代之治所以盛与!"说得铿锵有力,思深忧远!

古往今来多有不法不端之徒欲将罪责嫁祸于

酒，说饮酒之害大可亡国，小可乱性云云，被诬为祸的酒既不申辩，也不解释，平平静静，臣心如水。因为唯一答案谁都知道：尔等咎由自取，与酒何干！扯到这里还得回到本题，谈谈汾酒，唯一的答案也很简单：我爱汾酒，理由是它清香醇厚，平易近人，喝着顺口。

如果我是评酒会的评委，我这一票是一定要投给汾酒的，一定。

当然还有一个原因，我是山西人，岂能不爱汾酒。

德隆望尊,天高地厚

1月6日下午四时许,正在临汾的我接到一位朋友的电话,他轻轻地告诉了我一个消息:就在两个小时前,西戎老师在医院里去世了。

我久久地怔在那里。

对西戎老师的病情,我心里是有所准备的。然而当事情真的发生了时,我才意识到我失去的是什么。所有的安排立刻都终止了,两个小时后,我便坐上了回程的火车。

一定要尽快赶回去,说什么也要再看看他老人家。

雪下得很大，这是今年的第一场大雪。

望着车厢外飘飘扬扬的雪花，我仿佛又看到了西戎老师那张慈祥温和的脸。

大学期间，我曾发表了几部小说，而且都获了奖。毕业后，临汾地区文联坚持让我到文联工作，当时的文联主席亲自给我说，他们已经给分配办说好了，我去他们那里报到即可。

这当然让我喜出望外，到文联工作是我最向往的毕业去向。至少可以让我有时间看书，有时间写作。如果去学校当了老师，当然也是我喜欢的工作，但我最喜欢的文学创作，也就没有可能了。

然而毕业证领到的同时，我也收到了分配派遣证和报到地点，是一家中等师范学校，离家很远，还不如回老家县里的任何一家学校任教。

那时候的大学都是直接分配，直接派遣，不像现在这样完全是自己找单位，即使是有接收你的单位，有十分需要你的单位，分配办不同意，那你也照样去不了。

这种情况，是当时经常发生的，只有一个办法，那就是必须改派。改派的权力在省教育厅和人事厅，不管任何部门单位，如果想从大学毕业生中要人，不管是部门单位多么需要人，也不管是部门单位多么需要的人，都只能向教育厅和人事厅要人，否则也一样去不了。

以我这样一个在农村长大，老婆孩子和母亲都在农村，父亲"右派"刚刚改正，没有任何背景，没有任何门路，要想改动派遣，谈何容易。

地区文联也很着急，虽然说通了地区教委和地区人事局，但从8月份毕业，一直快到年关了，还是没有任何信息。我一个人住在大学的一个等待分配的临时宿舍里，眼看着同学们一个个都分配到位了，最后就剩我一个人还孤零零地待在空无一人的宿舍里。父亲甚至给我说，那个学校也挺好的，到那儿去教书也不错。家里用不着你操心，还有我和你妈呢，离家远点也没关系。

老爸越是这样说,我心里越不是滋味。

有一天,地区文联主席把我叫了过去,很无奈也很抱歉地说,张平啊,我们能用的办法都用过了,能找的人也都找了,但现在这个样子,我们也没办法了。你也再考虑考虑,如果能找到办法,就再找找,如果实在没办法,那就去学校报到吧,将来我们再找关系想别的办法,看能不能把你从学校再调回来。

听这么一说,我当时立刻就明白了,如果再没有办法和关系,那就只能服从分配了。早知今日,何必当初,晚报到了将近五个月,工资没了不算,自己还多花了二百多块钱。二百多块钱,那时候可以娶一个媳妇,可以买一辆永久牌自行车外加一块手表。这些都是当时必需的生活和工作用品。

晚上一个人在宿舍想了一晚上,怎么办?到底该怎么办?

半夜里,我忽然想到了省作协,想到了作协主席西戎,想到了作协党组书记胡正。

西戎和胡正那时候几乎都不认识,就是在省作协开会领奖时,见过一面,开会时西戎讲了话,把我表扬了一番。那天还有人告诉我,说西戎看了我的作品见了我后,说这个娃感觉不错,说不准会是个好苗子。

想到这里,也是病急乱投医,我突然想,就最后这一个办法了,能不能给西戎主席说说这事?

凌晨三点了,我爬起来给西戎老师写了一封信,整整写了一晚上。我把分配改派的事情,把我现在的状况,把我的真心想法,全都写在了信里。通篇一个意思,就是我想去文联工作,想继续写作,想让主席帮帮我。

我当时根本不清楚,当时的那封信,对我究竟意味着什么。

忐忑不安地等了三天后,地区文联突然又联系了我,让我马上去省作协一趟,直接去见西戎主席。

我当时身上只有二十一块钱,但想也没想,

用一块四毛七立刻买了一张火车票，连夜动身赶到了太原。到了太原正好是凌晨六点，气温零下二十多度，一下火车就立刻明白自己的衣服穿得太少了。没有帽子，在寒风中耳朵冻得生疼，鼻涕怎么抹也抹不完。没有棉鞋，两脚就像不是自己的。在火车站旁找了一家最便宜的旅馆，一晚上四块五的大通铺。喝了一大碗开水泡馍，暖和了一会儿，看看时间八点多了，就去了省作协。

西戎主席正好在办公室看稿子，看到我，也许是看见我冻得满脸青紫的样子，第一句话就是，你看你这娃，这么冷的天，也不穿厚点，把你冻成啥样了。然后倒了一杯水，放在我眼前，说赶紧喝了暖和暖和。

一句话感动得我不知道该如何回答，我拿起杯子，一边暖手，一边思考着该怎么说。

没等我说，西戎老师就对我说，你的信我看了，我让胡正也看了，我们都给省教育厅和人事厅打了电话，教育厅没有问题，人事厅也基本答应了，说尽快研究。我今天叫你来,就是让你马上去见见马烽主席,让马烽主席给你写个条子,然后你拿着这个这条子,去见一下主管分配的人事厅副厅长。说是尽快研究,都是没影的事,现在只要这个厅长同意了,你的这个事差不多就办成了。你现在就去找马烽主席吧,他现在在文教委开会,我让司机带你过去,就说是我让找你的。

我一边听一边点头,西戎主席说出来的这些人名,对我来说,用今天的话,都是神一样高高在上的大人物和大领导。

他一边说着,一边给我写了个条子,我拿过来一看,原来是几个电话号码,西戎主席办公室和家里的电话,还有胡正和马烽老师家里的电话。西戎老师说,以后有事直接打电话,不要来回跑了。

前后一共十几分钟,我就离开了。坐在西戎主席的车里,我还一直在发蒙,我甚至都不知道我是怎么从西戎老师的办公室出来的,怎么与西戎主席告别的。

那一次没有见到马烽,是西戎老师的司机走进会场找到了马烽主席,马烽主席二话没说,直接在会场写了个条子让司机转交给了我。

接下来我找了一整天都没有找到那个副厅长,西戎老师的司机告诉了我厅长家的地址,还说,马上过年了,你这是大事,人家是大厅长,不是咱们作协主席,晚上去人家家里,最好别空手。

我一琢磨,还真是这样,于是就到街上的商店里转了好半天。当时我身上总共还有十五块钱,除了回去的票钱和晚上的旅馆费,大约能买东西的只有九块钱。那时候,一块饼子六分钱,一碗面两毛钱,吃饭一天有七八毛钱足够。这样总共还有余钱八块钱。那时候的"大光"香烟三块六一条,"大前门"四块五一条。一瓶玻璃瓶汾酒,市面上一块八一瓶。思忖再三,最终买了两瓶汾酒,一条"大光"。

晚上司机没再来,我一个人八点左右终于找到了厅长的家。

小心翼翼地敲了半天门,里面突然传出一声厉喝:"谁哪!"

我赶忙说:"我是来找厅长的。"

门仍然没开,再次传出来一声断喝:"找厅长明天到办公室去找!"

我赶忙说:"有一封信,是西戎主席和马烽主席让我来找厅长的。"

里面一阵沉默,好半天了,门才吱扭一声打开了一条缝。

一个很年轻的面孔:"信呢?"

我赶忙递了过去,那个人"噌"一下接过信,我正想说话,门"嘭"一声猛地又关住了。

我的心怦怦怦怦跳了好半天,看看自己手里的礼物,一时也不知该怎么办好。

也就那么一两分钟时间,我像被吓着了似的,像罪犯一样逃离了厅长的家门口。

两瓶酒和一条烟因为是刚买的,我找到那家商店,当天晚上竟然给退掉了。那个售货员看了看我,什么也没说,就把钱如数退给了我。

回到家,第五天,就接到了改派的通知。

腊月二十三,也就是小年的那一天,我终于在地区文联办完了报到手续。

回到老家,吃过饭,给父母说了情况,我倒头呼呼大睡,整整睡了一天一夜。

一直等到给妻子述说这一切的时候,我的眼泪才止不住地唰唰唰唰地流了下来。

今天回想,如果没有当初的改派,如果没有西戎,没有胡正,没有马烽,等待我的,很可能是另外一种人生。

可以肯定的是,如果没有西戎老师和马烽老师当年的扶持和帮助,我根本不可能有今天这样的写作环境,更不可能有今天这么多的作品。

十几年来,西戎老师给我说得最多的是那句话:好好写东西吧,作家就得靠作品说话。

这句话也许是因为在我最困顿的时候听到的,所以它给我的印象是如此深刻而又强烈。

从1983年初我在西戎老师帮助下调入临汾地区文联开始，我的作品连续三年在省里获奖。1984年，小说《姐姐》获得第七届全国优秀小说奖。1985年底，我从临汾文联调到了省文联，任《火花》文学期刊副主编。1989年我开始从事专业创作。也就是说，改派到了地区文联的第二年，我的小说《姐姐》就获得了全国优秀短篇小说奖。

获奖后的第二年，我就调到了省文联，调到省文联后，还分到了房子，紧接着老婆孩子的户口也转到了太原。

在此后十多年的时间里，我写出了数百万字的作品，我写出了《天网》《孤儿泪》《抉择》《国家干部》《十面埋伏》等八部长篇。我先后获得了赵树理文学奖、庄重文文学奖、国家图书奖、"五个一工程"奖、茅盾文学奖等数十种奖项。

十几年来，对文学界各种各样的争论，我从未介入过。一想到西老给我说过的话，心境立刻就会变得异常平静。

好好写东西,作家就得靠作品说话。

最让我终生难忘的是,1999年6月26日,西戎老师倒在了我的作品研讨会上!

那是省文联和省作协共同组织的作品研讨会,西戎老师来了,马烽和胡正老师也都来了。

那一天,西戎老师的发言很长,足足五十多分钟,说到了赵树理,说到了生活和作品的关系,说到了作家的品格。后来才听人说,那一天,西老五点多就起了床,晚上睡得也不踏实。对文艺界的一些现象,他有好多话想说。他说得语重心长,忧深思远。

谁也没想到,这次研讨会,竟是他对这个世界的最后诀别,他的这段话,竟成了他留给这个世界的最后遗言。

他讲完几分钟后,便倒在了身旁胡正老师的身上。

脑溢血!西戎老师再也没有痊愈。

去年冬天，曾有一段时间，西老的病明显好转。他能打手势，能说一些简单话语。所有的人都觉得，西老肯定能好起来。他的病况真的越来越好，他认出了家人，认出了马烽，认出了胡正，见了马老胡老时，甚至还掉了眼泪。大年初一，我同省文联主席温幸一块儿去看望西老时，西老对着温主席竟笑了起来。笑得依然那么慈爱，那么仁厚，那么温和。他认出了温主席！我亲眼看到的，他真的认出来了。

只是他从来没有认出过我来。一次也没有。不管你怎样面对着他，怎样跟他说话，他的家人怎样跟他说这是张平，他从来都是一副陌生的表情和眼神。

他从来也没认出过我来。刚开始还感到说不出的痛苦和难过，但渐渐地，我终于想明白了。只要西戎没有恢复正常，他就肯定认不出你来。

在他生命的意识里，能唤起他朦胧的记忆的只会是那些同甘苦、共患难的战友和亲人。而他给予了帮助，给予了关爱，给予了扶持的像我这样的人,也许他早淡忘了,早已记不起来了,他也肯定不会把这些事情老记在心里。

改变了我一生命运的这种扶持,对他来说,也许真的是一件很小的小事。

面对着西老的病情,让我最最无法原谅自己的是,自己的研讨会,为什么非要让西老来参加。我给西老送书时,西老曾给我说过,他眼睛不行了,已经看不了这大部头的作品。我当时竟说,西老师,您一定来,只要您能在会场上坐一坐就行。

至今想来,我真自私。有时候,我甚至想,西老哪怕能醒过来几个月几天也好,也能让我有机会向他表示自己的内疚和悔恨。

然而他始终没能醒过来。

那一天,我给马烽老师诉说这些时,马老说了,你千万不要这么想,如果那一次研讨会你不让他去,他心里肯定要生你的气。马老说,你的路子很正,我们都支持你,西戎老师一直都在支持你。看着你们一个个成长起来,是他最大的心愿和安慰。

西戎老师在病前多次说过，他要在有生之年写一部回忆录。然而他的骤然离世，使这一计划变成了山西文学史上无可弥补的损失和永久的遗憾。

西老带走的东西太多了。

但他给这个世界留下的东西也一样太多了。

除了他的作品，还有他的品格，还有他的风范……

经他扶持和关怀过的作家，谁也说不清有多少。

人们说，遇知音难。其实对一个人来说，在一生中能遇到一个高山景行、德厚流光的师长更难。他会对你的人生产生重大影响，并改变你的一生。

如果当初我去了师范学校工作，如果我被迫放弃了我的写作，那如今的我，很可能完全是另一个我。

谢俊杰老师在一篇文章里说，西戎老师让无数棵树苗都变成了大树，而他轰然倒下，把自己化作了一座山！

当看到这里时，我止不住泪流满面。

其实德隆望尊的西戎老师根本用不着再写回忆录，他的回忆录早已写在无数人的心中。有这么多的人在思念他，缅怀他，这比任何文字都更动情，更感人，更厚重。

在西老的遗像面前，我轻轻地跪了下来，磕了四个响头。

西戎老师生前没喝过我一杯酒，没吸过我一支烟。其实我心里明白，即使是金山银海，也回报不了他天高地厚一般的恩义。

在我们老家，磕四个头，是儿子对父亲的礼节。

在我的心底里，他永远活着。

他的话语，我会永远记着：

好好写东西，作家就得靠作品说话。

我清楚，只有写出作品，才是对他最大的回报。

父亲的眼神、号啕和愤怒

父亲去世很多年了,至今让我无法忘却,常常想起的是那一次父亲的眼神,还有那一次父亲的号哭和愤怒。历历在目,如在眼前。

父亲属鸡,生于1921年。2002年去世,终年八十一岁。

父亲出生在农村。在我的记忆中,爷爷脾气耿直,不喜欢大脚的奶奶。所以一辈子就生了父亲一个儿子,父亲是地地道道的独子。其实奶奶的脚很小,小时候和奶奶睡在一个炕上,每次见到奶奶的脚，心里都十分恐惧害怕。奶奶的脚完全畸形，所有的脚指头全都被折断挤压在脚底下，根本伸展不开。奶奶走路，其实着地的部分就是那些弯曲的脚趾背面。我常常想，像奶奶这样的小脚女人，一辈子会有多么痛苦。

我爷爷的父亲弟兄三个，但爷爷也是一个地地道道的独子。爷爷排行老二，是跟爷爷的堂哥和堂弟一起算的，他们俩是亲兄弟。像这样的家庭，弟兄几个早该分家，但因为我爷爷的儿子，也就是我的父亲考上了大学，这在我们当时的那个村子里，可是一件惊天动地的大事。那时候爷爷的堂哥堂弟认为考上大学就相当于考中了进士，考中进士自然就一定要当大官，当了大官那可是要光宗耀祖，财源滚滚，大富大贵，因此就一直不分家。于是，由于地多，家里条件也好，土改的时候，就被划成了富农。后来我们村里的一个老贫农对我说，你爷爷太倒霉，亏大了，如果跟他们早分家，最多也就划一个下中农。下中农，就是依靠的对象。而富农，则是被打倒的对象。

父亲考上的是西北工学院（现西北工业大学），西安解放后，也任职于西北工学院。父亲当时是西北工学院最年轻的副教授之一，三十出头。副教授在建国初期，可是一个十分稀缺的身份。父亲教授土木建筑专业，据父亲说，他的课程那时候非常受欢迎，每逢他讲课时，大教室里总是挤得满满当当，有时候连过道上都站满了学生。一是因为建国初期，百废待兴，多年战争留下来的断垣残壁随处可见，即使在城内，也能看见数不清的废墟残骸，这就让土木建筑专业成为当时最热门的学科之一；二是父亲算是这方面的权威，父亲的老师，不少都是这一领域十分权威的国外学者和建筑大师；三是父亲的讲课通俗易懂，十分风趣，父亲备课认真，一丝不苟，学生每一堂课都大有收获，愿意听也喜欢听，甚至有很多不是这个专业的学生也常常来听父亲的课程。

父亲讲课生动,与他的文学素养有关。

父亲记忆力超群,能滚瓜烂熟地背诵《唐诗三百首》《宋词三百首》《论语》《孟子》《道德经》《诗经》《礼记》《楚辞》等经典名著,即使后来年纪很大很大了,对其中的一些篇章,仍然能十分流利地背诵。

父亲虽然是理工专业,却始终十分喜爱文学。中国古典文学中的四大名著、三言二拍,中国当代文学中的《暴风骤雨》《风云初记》《苦菜花》,国外的名著《战争与和平》《钦差大臣》《堂吉诃德》《高老头》《巴黎圣母院》,他都看过无数遍。1954年作家杨朔到西北工学院讲课时,父亲说,一千多人的大礼堂,差不多挤进去了两千多人。房梁上,窗台上,都有人爬上去听讲。父亲说,他也挤在学生堆里,整整站了三个多小时。

父亲讲课时,常常把唐诗宋词夹杂在各种建筑结构的画面里,让学生听得如痴如醉,如梦如幻。

父亲初中时，就是名震学校的学霸，什么课程都是满分，每一次考试都是第一名，而且成绩遥遥领先于第二名。父亲一上了初中，就再也没有花过家里的钱。小学考初中，初中考高中，高中考大学，每一次考试，他四周都坐满了家里有钱，但成绩很差的同学，前前后后，他一个人替四个人代考做题，同时还要做自己的答卷，而且不能是一样的答案和作文。每一次都能顺利过关，都能让这些孩子包括自己考上最理想的学校。父亲后来给我说这些时，常常十分不好意思，显出格外尴尬的表情。他说那时候社会很腐败，监考老师都被买通了，所以他才能明目张胆，毫不顾忌，顺利完成代考。代价是每考中一个学生，给他四个银圆。四个银圆在那时是一大笔钱，一块银圆可以买一只羊，两袋面，一百斤大米，三块银圆就相当于一年的学费。

　　考大学的那一年，父亲一次挣了三十块银圆。其中有一个富商，父亲给他的孩子代考居然考上了一所一流大学，让他一家喜出望外。为了报答父亲,只他一家一次性就给了父亲十八块银圆。

对一个抗战时期的大学生来说,这绝对是一笔巨款。

四年大学,一直到父亲毕业结婚,靠的都是这笔钱。

父亲常常讲,那时候是他这辈子最富有的时候。

父亲和母亲的婚姻十分偶然。

父亲考上的大学就是西北工学院。西北工学院当时名声显赫,威震海外。因为日寇侵华,当时的国立北洋工学院、北平大学工学院、国立东北大学工学院、私立焦作工学院合并组成国立西北工学院,整个学校全部迁移至陕西省城固县。1946年学校迁至陕西省咸阳市,1950年更名为西北工学院。父亲曾多次暗示,如果当时没有优异的成绩,根本考不上这所在当时举世瞩目的工业大学。

父亲高高的个子,笔直的身板,长长的脸,高高的鼻梁,天庭饱满,额头很宽。我爱人曾经多次说我父亲不算帅，但一看就很有派头。派头，就是有气质的意思。

我爱人的看法应该准确，所以父亲在大学时，不乏喜欢他的女孩子。最终确定关系的是一个同年级的女同学，如果当时他们成婚结为夫妻，铁定也就没有我了。

1944年左右，那时西北工学院遭到最猛烈的一次日本飞机的轰炸，学院死伤多人，其中就有父亲当时已经确定对象关系的那个女同学。

父亲极少说过他与这个女同学之间的关系，也无从了解这个女同学的家庭情况和性格长相。但今天看，正是因为父亲这个对象的被炸身亡，才彻底改变了父亲和我们一家人的命运。

一直到大学毕业，父亲都没有再找对象。

大学毕业不久，日本投降，此后国共谈判破裂，终于兵戎相见。

为了避险，父亲去了甘肃天水中学教书。父亲在天水一共待了四年，一直到1949年5月咸阳、西安解放,已经迁址西安的西北工学院通知父亲回校任教。所以建国后父亲的履历表上,工作时间是1949年5月,属于离休。

父亲大学毕业时回了一趟老家。那时候的父亲已经二十六岁了,在当时属于超大龄青年。家里的爷爷奶奶自然急得抓狂,就在村里给父亲找了一个,也就是我的母亲。

母亲属虎,比父亲小五岁,已经二十岁了,因为是大脚,所以一直找不到对象。母亲的大脚,是姥姥心疼娇惯的结果。母亲是老大,自然十分受宠。那时候已经是在辛亥革命之后,新政府开始禁止缠脚。但在偏远的乡村里,缠脚还是父母对女孩子不可更改的硬规矩。女孩子不缠脚,属于离经叛道。所以好多家庭里,私下都仍然逼着女孩子缠脚。女孩子缠脚是一个极端残忍的过程,从三四岁开始,整个过程得好多年。一双双好好的天足,最终硬生生被缠得筋断骨折,血肉模糊。一只脚烂了好，好了烂，尤其是足背，从小到大，为了让脚显得纤细，硬生生要让足骨折断好多次。为了把脚缠得更小，甚至用锋利的瓷片多次把脚割烂，然后用极硬的粗布封死，几天几月不让解开。姥姥说过，那时候村子里夜深人静时，女孩子的哭声惨叫声，惊悚凄厉，彻夜不绝。

姥姥对母亲的放纵和疼爱，让母亲的每一次缠脚，都遭到顽强的抗争和逃匿，久而久之，姥姥对母亲的缠脚也就不再逼迫不再过问。当然，不缠脚的恶果和结局就是村里家境好点的人家，没人愿意娶一个不缠脚的女孩子做媳妇。母亲一直到十九岁了，还是极少有人提亲，只要说是大脚，便立刻无人过问。那时候的女孩子十四五岁都已成婚，而将近二十岁的母亲仍是孑然一身。

面对已经过了十九岁的母亲，姥姥已经十分绝望，曾多次谋算着把母亲嫁给一个二婚或者家境很差的老光棍。

这一切大概都是天意，父亲那年回来时，有人撮合，见到了十九岁的母亲，父亲欣然同意，两人一拍即合，一个月后，就和母亲结了婚。

父亲曾多次给我说过，如果母亲是个小脚，他那时绝对不会在老家与母亲成婚。

其实母亲和父亲的属相也不合，一个属虎一个属鸡，加上月份不对，双方命相属于暗犯。

但父亲根本不在乎，结婚后没多久，就把母亲带到了天水，一年后就有了大姐，再后来，有了二姐，父亲在西北工学院评上副教授的那一年，终于有了我，然后又有了妹妹。

所谓的缘分，就是母亲的大脚，和父亲的文化背景，让他们一见钟情，终成眷属。

一双大脚，让母亲无法成为村妇；还是这双大脚，让母亲成了教授的夫人。

也许正是这种命运的安排，让母亲一生不离不弃，跟随了父亲一辈子。

父亲人生中曾面临两次重大转机，一次听了母亲的劝阻，一次没有听从母亲的劝阻，结局天差地别,大起大落,完全相反,截然不同。

1948年西安、咸阳解放前夕,父亲的老师同学多次找到父亲,希望他能跟随国民党一起到台湾或者香港谋生。而且说就职的地方都已经安排好了,一切随父亲挑选,或者大学任教,或者做中学校长,或者在政务部门搞城建工作。

父亲征求母亲的意见时,遭到母亲的坚决反对。母亲的理由很简单也很朴实,刚解放,正是国家处处急需用人的时候,咱又没有干过什么见不得人的事,干吗非要去那个偏远狭小的台湾和香港?还说父亲的专业在哪里都是抢手货,什么地方什么社会什么时候也离不开,又干吗非要离开西安这么大这么需要发展的城市?父亲说,听了母亲的话,他几乎没怎么考虑,很快就决定不走了。当然父亲也有父亲的理由,父母在不远游,这是千年古训。自己是个独子,家里无人照顾,自己走了,父母怎么办?大孝治天下,一个男人,对日渐衰老的父母不孝不尊,何以立身,何以立足,何以忍心?

那一次,父亲很坚决地留了下来。他在西安的同班同学,除了去台湾的,还有几个去了香港,甚至美国,只有父亲一个留在了西安。

另一次是1957年那一年,当时学校让大家给党和国家提意见。为了让大家都能讨论发言,学校以系为单位分了好多个小组,父亲是其中一个小组的组长,只是这个小组的人员大都是一般教师,讨论时很少有人发言,即便发言,也都是蜻蜓点水,不痛不痒,不着边际。于是父亲这个组长,多次被校领导批评。父亲是一个十分爱面子的人,领导批评,对他来说就是莫大的耻辱。回来他就给母亲说,他这个小组的成员都不认真发言,每次都让校领导批评,没办法,看来他这个组长下一次得带头发言,做个表率。

父亲的想法再次遭到母亲的坚决反对。母亲的意思也一样十分简单,说良心话,党和国家对咱不错,有吃有喝有工资,还分给咱房子住。咱一家六口,上有老下有小,全靠你一个人撑着,只要咱实实在在,凭本事吃饭,咱们的日子就会越来越好有盼头。再说了,这些年国家也不容易,这么多人口,打了几十年仗,朝鲜那边现在也不安宁,在这样的时候,咱千万不能给国家添乱。大家都不提意见不挺好吗,那不就是说大家都没有意见吗?大家都没意见,你凭啥要给大家带头提意见?

今天看,母亲的话很朴实,很有道理,但父亲没听进去。父亲后来也说,母亲说得对,但他没办法。父亲顶不住校领导的批评,他要给大家带个头,他是组长,他得听领导的。

于是,父亲在1958年,反右都快要结束了,最后一批被划为"右派"分子。他们那个组,最终就他一个人成了"右派"。尽管他的初衷是想带个好头让大家发言,但事与愿违,结果是自己带头让自己成了"右派"。多次批评他的领导当时也无可奈何,明知道怎么回事,也毫无回天之力,最终还是由于他个人的意见促成了他成为"右派"的有力证据。

后来我曾多次问过父亲,你内心并没有反面的想法和立场,学校领导很信任你,你还是组长,当时都说了些啥,怎么一下子就被打成"右派"了?父亲始终很含糊地说,也没啥,就是说学校要尊重教授们的意见,尤其是校领导,凡是重要的决策,事先都应该听听教授们的想法。

今天看,这些话确实没有什么,但在当时,如果上纲上线,应该非常严重。

父亲被处理得确实很重。双开,开除公职,开除工资,被遣送到农场劳教三年。

父亲被划为"右派"时,我还很小,无忧无虑,天真烂漫,一家中唯一的男孩,对当时事态的严重性,对家庭的剧变,可以说一无所知,毫无感觉。

我唯一记得的情景是,那一天与母亲一起洗脸,当母亲给我擦了脸,我抬起头来时,看见母亲也在用毛巾擦脸。刚开始以为母亲是在擦脸上的水珠,但看到后来,才看清母亲是在擦眼泪,一把擦下去,泪水立刻又汹涌而出,再擦一把,泪水再次汹涌而出。母亲静静地蹲在脸盆旁,看不出任何表情,也没有任何声息,就那样默默地擦了一把又一把,怎么擦也擦不完。

当自己长大了回忆到这些时,才感觉到了母亲当时的痛苦与绝望。四个孩子,大姐刚上小学,其他都还在幼儿园。母亲没有工作,因为仅靠父亲的工资,雇不起保姆,母亲也无法出去工作,只能居家做一个彻底的全职太太。

由于母亲当时没有工作,父亲的出事,也就意味着这个家庭彻底的垮塌和最终的去向。三十二岁的母亲只能离开西安,举家遣返回到老家山西新绛县的一个偏远村庄。

对一个家庭来说,这时代的一粒灰,则是一个巨大的变故和难以承受的灭顶之灾。

回到老家的过程我完全记不清了,后来听老家的邻居对我说,当年是他一个人用一个扁担,把我和妹妹从闻喜车站一头一个连行李一起挑回来的。足见那时母亲带回来的全部家产基本上就是一肩挑，根本没有多少。听母亲说，那时候父亲在大学教书时，学校把家里的一切都管了。住房连床也不用买，一家人只管住就可以了。建国初期，没有工资，每个月薪酬一千多斤小米。所以母亲说，家里以前的一些积蓄，都在那几年花光了。等后来有了工资，因为孩子多，处处都要花钱，几乎是月月光，根本没有什么积蓄。

父亲的出事，让这个家的重担，完全压在了母亲肩上。

其实回到老家，母亲也是第一次真正在婆家生活。虽然姥姥姥爷还健在，但以农村的习俗，凡嫁出去的姑娘，就不能再回娘家住了。姥姥姥爷家当时也无法再容纳这一家人，六十年代初期，国家内忧外患，谁家也不富裕，母亲别无选择，只能在婆家生活。面对着公公婆婆两个老人和四个孩子，母亲从一个大城市的教授夫人，完全变成了一个地地道道的村妇。

等待母亲的是所有的女人都难以承受的困境和磨难。

家里没有住的地方，总共只有一间住房，那是爷爷奶奶住的地方。四个孩子，爷爷奶奶那里住了两个。我和妹妹，与母亲一起住在了一间厨房。母亲一回来后，就立刻开始到地里干活挣工分。爷爷承受不了父亲出事的打击，精神失常，已经完全丧失了劳动力。六十多岁的奶奶劳动一天，只能挣四个工分。母亲是女性，每天也就挣八个工分。我们的生产队是个十分落后贫穷的生产队，分红最高的时候，十个工分只能分到一毛多钱。就这样，四个孩子，两个多病的老人，等父亲四年后回来时，我们四个都已经上了学，爷爷奶奶也都还活着。至今我也没有想明白，就这个家庭，就这点钱，母亲是怎样挺过来的。

父亲的出事，对爷爷的打击是最沉重的。爷爷年老时，最大的希望就是对儿子未来的期望和憧憬。我记忆中的爷爷,常常是一个人闷坐在家里的桌子旁,偶尔吸几口水烟,后来连水烟也没有了,就那样静静地一声不吭地坐在那里,一坐就是几个小时。尤其是晚上,连油灯也不点,就那么坐在黑暗的屋子里,一动不动,很久很久。父亲出事不久,爷爷精神就失常了,最后常常裸着身子满院子跑。父亲回来的那一年,爷爷就去世了,年仅六十六岁。奶奶也一样,等到父亲回来,身体也基本垮了。奶奶去世时,刚刚六十八岁。

当时家里的这一切,几乎都是母亲扛过来的。

这期间,母亲还专门去过一次农场看望父亲。母亲那次给父亲带去了十个烧饼,十个熟鸡蛋,二斤红糖,还有一斤猪头肉。

母亲的持家还有母亲的这次看望,让父亲感动了一辈子,每次提起来,父亲都止不住眼圈发红,然后沉默着说不出话来。

几十年间,我曾亲眼见过很多次。父亲母亲在一起难免会有口角拌嘴,不过一旦母亲发了火,即使闹翻了天,父亲最终也只是耷拉着脑袋,一声不吭。

父亲说,在农场的时候,他们一起的那些"右派",十有八九的都离婚了。唯有母亲从没提起这样的事,一个人养着一大家子人,甚至还来农场看望他。

父亲说,要是没有母亲,这个家早没了。

母亲的肩上,不仅扛着一个家,还扛着一个父亲。

事实上,那时的我,根本记不清父亲的性情和模样。

一直等到1962年初父亲回到老家时,我才第一次看到了真实的父亲。

父亲回来的那一天,我在学校上学。放学回到家里时,奶奶告诉我,你爹回来了。

父亲那时候正睡在我睡的土炕上,鼾声如雷,老远就听得见。

父亲可能累了,我在父亲带回来的包里翻了好半天,父亲也没有醒过来。在父亲的包里,除了两根黑乎乎的细细长长的东西,什么也没有翻出来。父亲后来告诉我,那是香蕉,剥开皮,里面的东西很好吃。

那是父亲给家里带回来的唯一可吃的东西。

那是我第一次吃香蕉,感觉好吃极了,从没有吃到过这么香甜可口的美味。

父亲脸面黑黝黝的,连脖子也是黑的,一点儿也不像个大知识分子,唯一与众不同的就是父亲那个在任何时候都梳理得非常整齐的大背头。

从记事起,我们兄弟姊妹四个从来没挨过父亲的打,甚至从来也不记得挨过父亲的骂。

从父亲离开,到父亲回来,我已经成了一个纯粹的农村娃。那时候的衣服没有化纤产品,洗一遍就成了灰乎乎的,穿几个月就变得破破烂烂,尤其是布鞋,不到一个月就穿得前后都是窟窿,大半截脚丫子都露在外面。即使是冬天也是这样,穿棉衣没有内裤内衣，连袜子也穿不起。我觉得我小时候的样子一定让父亲感到辛酸内疚，加上自己的学习一直很好，所以父亲连呵斥都没有呵斥过我一次。

我的学习大概是继承了父亲的一些基因，从没记得下过什么功夫，但每次考试都是第一。我的作文一直是范文，在班里被老师念了又念，不断传阅。

我考初中时，成绩全公社排名第二，全县排名第五。班主任老师告诉我，你的成绩其实应该是第一，语文数学都没有错题，扣分原因主要是卷面太潦草。其实父亲和老师都知道，不是什么卷面潦草，而是钢笔太差。我用了两年的钢笔是父亲带回来的一支旧笔，也不知用了多少年了，墨水灌多了漏水，墨水灌少了不出水。笔尖已经成了平的，劲用大了洇一片，劲用小了又看不清。那时候的钢笔，一支一块多钱，对父亲来说，是一笔不小的开支。

我上初中时，连住宿费、伙食费、学杂费每个月需要八块钱，这真正是一笔巨款。父亲一到了月头,就对我的这八块钱发愁,除了变卖家里的东西,其余就是借钱。上了几个月,父亲和母亲商量了好多次,准备让我休学,因为家里每个月实在拿不出这么多钱。

好在没过多久,"文革"就开始了。对我的父亲来说,"文革"就像一根救命稻草。学校突然间全部停课了,紧接着开始了大串联,然后就是长时间的休学。再后来,我就在村里彻底务农了。

只有真正在村里生产队劳动时,才意识到了父亲的艰辛和不易。

父亲是一个几乎没有在农村劳动过的知识分子。父亲六岁上学,十岁时就到了县城上完小学,此后几乎再没有回过农村。因为战乱,即使是节假日,也很少回来。

父亲从农场劳教三年后,政府曾给了他一份工作,让他在一个建筑公司做杂工,一个月四十五块钱左右,但这份工作被父亲拒绝了。

那时候正是1960年之后,食物短缺,物价飞涨,一斤粮票卖到好几块钱。最贵的时候,一个月的工资,在黑市买不到十斤粮食。那时候城市的八级工,工资每个月差不多一百块,但"七级工,八级工,不如农民一担葱",一辆自行车,最贵时,卖到过好几百块钱。所以那四十五块钱的工资,被父亲认为根本不能养家糊口。

父亲的判断和拒绝,事实上是完全错误的。父亲一回到农村,立刻就后悔了。因为父亲根本没想到,在当时的生产队,从早到黑劳作一天,最多十个工分,而十个工分,到年底分红,只能分到八分钱。一个月即使出全勤,挣三百个工分,也就相当于只能挣两三块钱。

如果父亲留在城里工作,一个月四十五块钱的工资,比在农村一年的收入还高。

父亲从一个教授成为一个农民,这并不是一个突发的过程,三年农场的劳动,给了他一个彻底的改造和全面的准备。

在几年的时间里,父亲学会了犁地、耙地、锄地、耕地等所有最基本的农活。父亲的肩膀左高右低,几乎有三四厘米的落差,只有我清楚,这是因为父亲挑担子不会换肩所造成的结果。

当然父亲也有不会干的农活,比如赶车,比如播种,比如割麦子,比如种菜种瓜……还有,父亲一直没有学会做饭,连起码的擀面条、炒菜也不会。

至于父亲当时在劳教农场都有哪些劳动,父亲从来都没有给我说过。事实上父亲是一个乐天派,有时候偶尔说起在农场的生活,总是满脸笑意,以一种赞叹的口吻叙述当年的一些往事。"一到了麦子快熟的时候,就不会挨饿了。青麦穗,在火上一烤,太香了,香到骨子里的那种好吃……""冬天的土豆,很多人都没有尝过,像香瓜一样甜,像黄瓜一样脆,还利尿,通便……""乌鸦的肉,与鸡肉差不多,还有麻雀,外面裹上泥,在火里一烧,等到泥巴干了,把泥巴掰开,到处都是肉香味……"

爸爸在家里从来不这样说话,因为这些话会招来母亲的激愤和怒斥。但到了田间地头,父亲的语言天分就会得到尽情的发挥。每当干活休息时,父亲的身旁总会围满了人,听父亲绘声绘色讲述各种各样的人生故事和章回话本。父亲总是恰到好处地讲到关键处,戛然而止,让大家且听下回分解。

在农村的那些年,父亲全靠自学,几乎是无师自通,掌握了针灸医术。这门医术让父亲在村里,甚至整个公社的人脉无限扩张,甚至还得到了母亲的默许。于是每逢生产队收工后,尤其是到了阴雨天,家里的炕上、凳子上,甚至家里的过道上,总是站满、坐满、躺满了各种各样的病人。由于病人多,父亲的临床经验也越来越丰富,医术也越来越高明。父亲的拿手绝活,就是治疗牙疼、头疼、腰腿疼、上吐下泻拉肚子这些常见病,很多病症效果显著,有如神医。当然都是免费的,但每逢节日,尤其是到了夏天秋天,家里总是有人送来一些瓜果桃李或者一些白面馒头。那时候,这些东西可都是稀罕之物。

即使是"文革"期间,父亲白天在大队的广场上挨批斗,晚上家里照样是一屋子人。大家有说有笑,好像谁也没有把父亲白天的批斗当回事,就像没有发生过一样。父亲也一样,很安详地一边给大家针灸,一边和大家东一句西一句地拉家常,屋子里轻松和谐的气氛中弥漫着一股浓浓的旱烟味。

大家已经习惯了父亲的被批斗,父亲也习惯了那时候经常性地被批斗。

满打满算,父亲在农村也就干了那么几年。公社、大队,后来连县里的领导也同样,渐渐从父亲身上发现了当时十分稀有的利用价值。于是,父亲的劳动项目和身份便开始有了新的变化。

第一次发现父亲特殊价值的是村里的革委会主任。我们村地处旱垣,最大的困境就是缺水。2008年我在省政府工作时,曾联系水利厅在我们镇这一带做过测量,最终得出的结论就是结构性缺水。地下含水层普遍在一百米以下,即使把所有的地下水抽上来,人均可用水浇地也不足半亩。

我的老家确实太缺水了。没有河流,没有溪水,也没有任何泉水。水井的井深差不多都有一二百米。

于是水就成了我们村的生命线,村口的一个小水库,也就成了我们村的一个聚宝盆。这个小水库的水源,完全来自每年雨季强降水造成的洪水淤积。这个小水库的作用很大,可以解决旱季全村牲畜的吃水问题,还可以让附近几个生产队的旱地变成水浇地。小水库其实就是一个大土洼子,因为经常遭受暴雨的侵蚀,水土流失严重,差不多过两年就会被洪水冲垮。

有一天,大队革委会主任就找到了父亲:"听说你能把村口那个泊池整治好,不漏水也不会被冲垮?"

父亲说:"当然可以,我给生产队里说过好多次了,他们都不信。"

主任心直口快,直接问:"你算过吗?那得花多少钱?"

父亲也十分痛快："不用花钱。农闲的时候，安排几十个人，几十辆小平车，两个月就能弄好。"

主任很吃惊："那用什么材料？"

父亲说："咱们村里的黏土就是上好的防水材料，拉过来，捣碎了就能用。"

主任仍旧十分吃惊："不漏水也泡不塌？"

父亲说："只要不漏水不渗水，就泡不塌，冲不垮。"

主任回去和其他几个村干部一商量，反正不花钱，劳动力又多得是，于是主任亲自挂帅，一切听从父亲指挥，当年春天就干了起来。

两个多月以后，新的小水库就焕然一新。那年的暴雨好大，洪水几乎蓄平了水库，但小水库不漏不渗也不垮。有这么一库水，给村里解决了大问题。打那以后每年只需要挖挖淤泥，第二年就可以继续蓄水。从"文革"时期那年开始，这个小水库一直用了几十年，一直用到了现在，去年回老家的时候，村里还在使用。

父亲这一战名声大振，赢得了多方喝彩。然后就被公社革委会调到了康庄水利工地，后来又调到了县水利工地。1978年"右派"改正时，父亲正在绘制整个县里的行政地图。这张地图是父亲骑着自行车，跑遍了整个县里的每一个村庄，用了将近两年工夫绘制出来的，被誉为最详尽最可靠的县域地图。这张地图一共印制了将近四千张，至今还有很多仍然挂在一些县乡干部的办公室里。

父亲还给公社革委会设计修建了一所百货公司。说是百货公司，其实就是公社大街上一个百货商店。这个百货商店建到一半时，突然被革委会叫停了，因为接到多起革命群众的举报，说这个百货公司太扎眼了，完全是一座"封资修"建筑。说到底，就是这个建筑太华美，太洋气了，在当时土墙土路的公社革委会所在地，实在太不合群了。革委会的一个副主任把父亲叫到办公室，训了父亲好半天："这是资本主义、修正主义的那一套，怎么能建在革委会的大街上？"

父亲听完,笑笑说:"明白主任,这个还不容易?等建成了,在外面的墙上刻上红旗和镰刀麦穗图案,再贴上几行大幅标语,马上就是一派革命气象。放心,没问题。"

果然没问题,这座百货公司,一直到2000年时,仍矗立在我们那个镇的大街上。有人说了,父亲的这座建筑就像一个漂亮姑娘,淡妆浓抹总相宜,怎么打扮都好看。

其实父亲最得意的建筑,就是给我修建的那所婚房。

订婚的那年我已经二十四岁,已经从稷山师范学校毕业,在县里的东街小学当了教师了。只是工资非常少,实习工资一个月二十五块五。

订了婚,最晚也得在第二年结婚。当时什么也准备齐全了,就是缺了一项,没有可以结婚住的房子。

这是个天大的事情,农村人常说,娶媳妇盖

厦，经过的害怕。那时候正是家里最拮据的时候，尽管已经不怎么缺吃少穿了，但要拿出钱盖房子，那几乎是天方夜谭。没有婚房，儿子是无论如何也没法娶媳妇的。

今天我才体会得到，那一年，对父亲来说，是他一生的一次大考。他得想尽一切办法，不能让自己的儿子因为没有房子结不了婚。那时候盖房子，再便宜也得两三千元，这样一笔巨款，父亲是无论如何也筹不到的。再加上当时的婚俗，订婚也得有一笔不菲的礼金。那时自己的情况也很差，借个一百二百也不是不可以，但你想在那个时候找人借几百元上千元，门儿都没有。何况因为在县城上班，买了一辆二手自行车，还欠着一屁股债。我那时候甚至都做好了另一番准备，实在不行，结婚时就暂借同学的房子住几个月。

但父亲有父亲的想法，他堂堂一个男子汉，就这么一个儿子，绝不让儿子在结婚时，借别人家的房子当婚房。

今天我也没想明白，父亲究竟是在什么时候，开始了自己的一套计划。他要亲自设计，亲自修建，要给他的儿子建一套结婚新房。

那时候我在县城学校教书，除了偶尔回家，平时都在学校里待着，直到有一天，母亲捎回话来，让我星期天回来一趟，赶上一头牛，到北山下，在汾河边的大坡下面去接父亲。

回到家才知道，父亲到北山拉木材去了。

北山属于吕梁山脉，是能在老家的山坡上看得到的远远的一座座蓝色的大山。

我曾在北山上拉过煤，一人一辆架子车，一来回一个星期，去三天回四天，一架子车煤可以装到一千多斤。一千多斤煤，一个家差不多可以烧一冬天。最重要的是，便宜，直接到煤窑口去拉煤，比在市面上买煤要便宜一半还多。

拉煤车从北山下来，过了汾河，就是一路高坡，大约四十里路，就回到了家里。每次拉煤，都是父亲牵着一头牛来接我，每次见到父亲时，便会松一口气,这回总算安全到家了。

但这次不同,母亲是要我去接父亲。那一年,父亲已经快六十岁了。当我在坡底下第一眼看到父亲的影子时,眼泪止不住地就涌了出来。

父亲拉着满满的一车木材,有两个父亲那么高,足有三四米长,八九百斤。

正是大热天,父亲穿着一个百孔千疮的背心,几乎光着膀子,浑身晒得乌黑。父亲的大背头,在风中十分凌乱而又稀疏。灰白拉碴的胡子,几天没刮了,稀稀拉拉地在黝黑的脸上显得十分醒目。

我突然感觉到,父亲原来这么瘦,又这么老了。

就这样一个一文不名的父亲,一个干巴瘦的父亲,一个六十岁的父亲,要给儿子亲手建造一座婚房。

也许就是几十秒钟,我用极快的速度努力让自己平静下来,我不想让父亲看到我的眼泪。

我很少在父亲跟前掉眼泪,只有一次没有忍住,是因为在工地上偷看《红楼梦》,我在万人大会上挨批斗的那一次。那年我刚刚十五岁,在万人工地上挨批斗,感觉天都塌了。回家时,忐忑不安地想着家里会怎么样。没想到父亲那一次在村口老远处站在那里等我接我,大冬天,寒风阵阵。父亲耳朵冻得紫青,不知道已经站了多久。见到我,只说了一句:"没啥,儿子,你妈今天给你烙饼吃,大家都明白,别当回事……"就这一句话,顿时让我泪流如注。

还有一次,就是父亲去世第二天下葬的那一晚,我一个人守在父亲的灵前,一个人无声地哭了很久很久。

母亲则说,当年奶奶去世,我哭得厉害多了。说我一个人坐在奶奶的棺材前,哇哇哇哇地哭了几乎一整天。

其实那次父亲拉回来的木材,充其量也就是拉回来一车山木棍子。两百多根,大都是山中的荆棘秆儿,细的直径有两三厘米,粗的也就和玉茭秆差不多。

一架子车木材,父亲总共只花了七十多块钱。但父亲信心十足,说这样的木料给房子做椽绝对没有问题,既有硬度,又有韧性,像钢筋一样,拉力超强。父亲说他前后已经在山里跑过几次了,这都是在村里挨家挨户收来的。山上有长得好的木材,但村里管得严,不让采伐。这些能收到的山木,已经算是非常好的木材了。

听到父亲的话,我立刻又意识到,这座房子只能靠我们父子俩打拼了。父亲出主意,我出力。等前期建房材料准备得差不多了,真正盖房的时候,再找亲戚邻居帮忙。

我请了一个星期的假,打了两千多块土坯。用这两千多块土坯,和父亲从北山打回来的木材,前前后后用了二十多天,总共花了二百七十多块钱,终于建成了我的婚房。

父亲没有用传统的办法盖房子,清一色用的是土坯。

这座土坯房也确实给父亲长脸，至今不漏不坏。1982年地震，很多家房子裂缝落瓦，鸡飞狗跳，而我的婚房毫发无损。

父亲说，土坯房好啊，是真正属于我们中国的建筑技术。耐实、抗震，冬暖夏凉。

打土坯在我们那一带，叫打胡墼。父亲要盖的房子，肯定是用不起砖的，一块砖那时候得七八分钱，一间砖房，至少也得用万把块。爸爸设计的婚房是小两间，怎么也得一万多块砖，那差不多就是一千多块钱，这还不算别的开销，所以肯定是用不起的。其实我很清楚，我的婚房只能是土坯房。

我们那一带建房，那时候也大都是在夯土墙上建房子，但这样的房子并不是所有的墙都是夯土墙，夯土墙一般只有九尺到一丈高，夯土墙上面再用胡墼，也就是土坯。胡墼是古老的建筑房屋的重要材料，我们那时候的年轻人，差不多都会打胡墼。打胡墼时，须有一个一尺见方的木头模子，把模子放在一块青石板上，先往里面撒一把草木灰，再往模子里填上搅拌均匀、湿度合适的黏土，然后用脚踩踏，最后用锤子夯击瓷实。胡墼打好后不入窑烧制，一字排开整齐地摞五六层，晒干之后直接用于砌墙。

打胡墼是一种古老的传统工艺，据老人讲，这种工艺是几千年前，鲁班给老百姓传授下来的。晒干的胡墼十分结实，硬邦邦的像石头一样，而且韧性十足，是一种古老的就地取材的十分普遍的建筑材料。中国北方的陕西、山西、甘肃一带用胡墼砌墙、盘炕、泥炉灶十分普遍。在北方一些地方，土葬死者时，要用胡墼去封堵墓窑口，封到最后，留一块胡墼的空隙，用白酒浸一把烧纸，点着扔进墓窑里，然后迅速封口，这样墓洞里就处于几乎真空的状态，有利于遗体保存更长的时间而不腐烂。墓洞封口之后，人们才七手八脚地卷土填墓坑。最后还要在墓前用胡墼垒一个供桌，供桌像一间一边没有围墙的平房，供桌上面放供品，供桌下面点上蜡烛，即使刮大风，也轻易不会被吹灭。

父亲的坟墓就是用胡墼垒成的,下葬时,用的就是这个办法。

前几年母亲去世与父亲合葬时,才发现父亲的坟墓进了水,父亲给自己挑选的松木棺材也都给泡开了。父亲的棺材我很熟悉,父亲在我结婚之后不久就给自己和母亲选好了棺材,在一家窑洞里存放了几十年。父亲过了七十岁后,常常要到放棺材的地方看一看。

看到父亲被水泡开的棺材时,村里办事的对我说,其实你爹的棺材也还能用,你看吧,换还是不换你们定。我几乎没做什么考虑,当即就决定给父亲打造一副新棺材。父亲与母亲一起下葬的那一天,我见到父亲的中式服装居然鲜艳如初。盖在父亲脸上的丝布,依旧让父亲的脸庞轮廓鲜明。

封堵墓口时,没有再用胡墼,用的是新砖。

新棺材不贵,也不是什么上好的木材,但却是我这辈子送给父亲的唯一一件像样的礼物。

父亲给我建的婚房，至今我的二婶还住在里面。一共两间，二十多平方米。我和妻子在这座房子里一直居住到1985年，那时候父亲已经"右派"改正，我和妻子也一起调到了太原工作。

1981年3月份，父亲的三个同班同学，其中还有一个女同学，一起来县里专程来看父亲。这三个同学一个来自香港，两个来自台湾。

这在当时是县里的一件大事。因为这三个同学都很有身份，一个是台湾建筑业的知名企业家，一个是香港金融界的富豪，那个女同学是个知名建筑设计师，同时还兼任两家建筑设计刊物的总编辑。

据说省里和地区也很重视，要求县里一定搞好接待工作。

父亲那一年在县一中当老师，"右派"改正，本来可以回城的，但家里除了我，我的姐姐妹妹都在家里务农，都已经过了返城的年龄，母亲也不想再回什么城了，于是父亲就留在了县里。

那是恢复高考后的第三年，哪里都缺人。父亲是教授身份，县里为了解决紧缺高考老师的燃眉之急，就让父亲当了高中三年级的数学老师。

那一年父亲整整六十岁，已是一头白发，满脸沧桑。在高中任数学教师的这两年，几乎完全摧垮了父亲的身体和精神。

毕竟几十年不搞数学了，而且昔日的数学和当时的数学已经不可同日而语。高中三年级的数学，面临高考，在学生眼里，数学老师好与差，主要看的就是解题能力。你讲得再好，但如果解题能力不够，那也很难获得学生的好评。

父亲就陷入了这种困境之中。听父亲讲课，确实还是十分生动，引人入胜，但当那些一心想考入一流大学的学生拿着各种各样的数学难题来找他的时候，常常把父亲难得一整夜一整夜睡不着觉。很多难题父亲根本就解不出来，那时还没有今天这样发达的网络，随时可以找到解题的方法。要把一道道难题解开，完全靠长期的积累和经验。一个堂堂大学教授，也不好意思总是请教那些教了几十年数学的高中老师。在这种尴尬的环境和氛围中,让父亲在县里几十年的名声一落千丈。好多人在背后议论父亲,什么大学教授,啥也不行。父亲的落魄,常常让我想到一句谚语,凤凰落架不如鸡。

我是78届的大学生,当时正在山西师大读书。1979年回来看望父亲时,他正蹲在宿舍门口看一本数学解题指南。

当时父亲的样子吓了我一跳,因为晕晕沉沉的父亲好半天都没有认出我来。

父亲的精气神完全陷进了一种无法自拔的困境之中。

我了解了情况后,立刻就给父亲说,咱不教学了,就是再努力,也比不过那些教了几十年数学的高中老师,再这么下去,人都要毁了。父亲沉默了半天说,其实再给我点时间,这也没什么难的。

恰就在这个时候,父亲的三个同学来到了县里专程来看望父亲。今天看,父亲当时无以挣脱的窘况,几乎就是父亲的这几个同学给解救出来的。

这几个同学的到来，父亲事先应该是知道的，但只是没想到他们会来得这么快，刚过了春节，学校还没有开学，他们就赶到了这个内陆县城。

父亲那时候在县城里并没有房子，唯一的完整的住房就是给我建的婚房，还有那个住了几十年的一间半老房子。因为解放前我们一大家人没有分家，所以父亲和堂兄弟几家人一直住在一个院里。三间北房父亲和二弟各住一间半，三间西房三弟住。都是住了近百年的老房子，已经很旧很破了。院子本来很小，因为给我加盖了两间新房，就更小了。老院子的排水功能很差，院里人口多，我结婚后，生了个儿子，由于经常洗刷，院子里的水很难排得出去。秋天一院子泥，冬天一院子冰，下了大雨一院子水，很少有干爽的时候。

父亲的几个同学来的时候，正好碰到院子里又是冰又是泥的时候。

也可能是县里的领导也从来没有来过父亲住的院子，也根本没想到这个泥乎乎的杂院里会是这样的一番情景。

所以当县政府的几个人领着西装革履、一身光鲜亮丽的父亲的几个同学来到院子里时，全都久久地呆愣在那里。

父亲那一天表现得十分得体。老同学见面，自然旧情难解，少不了眼泪汪汪。但父亲始终非常克制，穿着过年的新衣服，一直微笑着，背头梳理得齐齐整整，腰板笔直，很幽默地说这说那，不断化解着尴尬的气氛。

父亲先让几个同学在屋子里一个小桌旁坐下来，介绍说家里的这个小桌子，上百年了，地地道道的檀木，结实，舒服。然后亲自给大家沏茶，并说这个茶他喝了几十年了，暖胃上品，祛风良药。其实这些红茶都是我平时出差时给父亲捎回来的，很便宜，但父亲很喜欢。

父亲的屋子里挤满了人，连村里的干部算上，至少有十几个。父亲人一多，话就多，一屋子人都听得津津有味，还不时让大家发出一阵笑声。

几个同学并没坐多久，约定晚上一起在县城里吃饭，就回去了。临走的时候，父亲指着我的婚房对他的几个同学说，这房子是我一手建起来的，就没怎么花钱，你问问我家儿媳妇，冬暖夏凉，冬天都用不着烧炉子。

父亲说这些话的时候，大家都沉默了起来。我妻子后来告诉我，当时连村里的干部也没有说话。后来才听人说，父亲当时说的确实夸张了，连母亲也看不下去，回来把父亲数落了好半天。母亲说人家都是些什么人，你盖了个什么样的破土棚子，也好意思在人家面前显摆。父亲对此不以为然，他们都是什么人以为我不知道？他们又不是傻子，敢说我是在显摆？这样的房子，这样的条件，你让他们建一个试试？

晚上在县城吃饭时，母亲才知道来看望父亲的这几个同学，就是当初劝父亲一起去台湾香港的那几个。

晚上几个人吃饭，酒过三巡，也没了外人，那个女同学说着说着就哭了起来。说父亲这些年委屈了，受了这么多苦。

父亲平时不喝酒，但见了几个老同学大老远过来，自然就喝了几杯，也喝得满脸通红。看见女同学掉眼泪，也有些难过，但一直在微笑，一直在安慰，好像受委屈的不是他自己，而是别的什么人。

父亲说的也都是心里话，他说他现在已经改正了，工资不少，他很满意。儿子也考上大学了，已经娶了媳妇，还有了孙子。还说眼下改革开放了，农民家家都有余粮，生活条件确实好多了。

但父亲越是这样说，那个女同学哭得越厉害，后来连那两个男同学也哭得稀里哗啦。可能他们见到的父亲，已经完全不是当年的那个父亲了。

父亲那天晚上始终没有掉眼泪，也始终没有喝多。

临走的时候，他们几个给父亲留下一兜子钱，父亲死活不要，说他现在真的不缺钱。但他们坚持要留给父亲，父亲不要，最后硬是塞给了母亲。

我想父亲不要有父亲的道理，母亲也知道，当初在学校里，父亲是最好最优秀最有望成为国家栋梁的学生之一，才高八斗，博闻强记，学业精湛，前程锦绣，再加上幽默风趣，风度翩翩，是大家最看好最喜欢的学霸，否则当年不会有那么多人和地方都邀请父亲离开大陆去任职。

我感觉当时的父亲打心底里不愿意在这些同学面前表现得不如意，让自己在他们心里丢份儿，眼中没面子。父亲不是迂腐，而是一种气场，就像在赛场上的拳击手，即使被打得头破血流，遍体鳞伤，也硬挺着站在那里，决不能轻易地倒下去。

父亲去世后，母亲才给我说，那年那个来看望父亲的女同学，当初一定是喜欢你父亲的。我没有吭声，但我觉得母亲的感觉应该是对的。如果当年父亲没有回老家，没有见到母亲，而是跟着他们一起去了台湾或者香港，那肯定就是另外一个家庭，另外一个父亲了。

有一次我问母亲，那年他们给父亲留下了多少钱？母亲沉默了好半天，说，后来咱家的新瓦房，就是用那笔钱盖的。

父亲的那几个同学还给父亲带来了一个新的工作。那几个同学离开没有多久，父亲便离开了中学，被调到了县教育干部学校，那里工作轻松多了，父亲一直干到正式退休。

父亲吃饭从来不挑剔，母亲做下什么就吃什么。

后来有一次，从父亲的眼神里，我感觉到了父亲最喜欢吃的是什么。

大约是七十年代，我还在老家务农，每天中午都要在生产队门口的一座水井旁等着搅水。所谓的搅水，就是在一根差不多两百米长的绳子两头系上木桶，一个上，一个下，用带摇把的水轱辘把深井里的水摇上来。那时候每个生产队都有这么一口深井，中午收工回来，趁家里做饭的当儿，男人们就出来搅水，等灌满两大桶，然后把水挑回家去。

这很费时间，水井太深了，等到搅满两大桶

水，至少得二十分钟。于是，等在这里的村民常常会越聚越多，这里也就显得十分热闹。正是中午吃饭时分，四周那些住户也常常会端着饭碗出来，一边吃饭，一边跟着闲扯神聊。

就在那一天，有个队里的年轻人，端着半碗炒菜，上面叠着两张饼子，一边嚷嚷，一边大口大口地吃着饼子。

这本是十分平常的情景，就算有些家庭条件好的人能吃得起白面大米，在人面上也没人会当回事。大家瞟一眼也就得了，没人会表现出什么异样的表情。

但那次不同，当我随意瞄了一眼父亲时，一下子让我看呆在那里。

父亲两眼直勾勾地盯在那个人的碗里，分明现出一副馋涎欲滴的样子，一边一眼不松地看着，一边时不时地吞咽着口水。

很长很长时间，父亲都那样旁若无人地看着，似乎完全进入了一种无我迷离的状态。

我当时恨不得一头钻到地缝里去，父亲的样子实在太丢人了，太让人难堪了。

一直到今天，一想起父亲当时的那种眼神，心里就一阵阵揪心般的疼痛。

父亲那天一定是太饿了，也一定是很久很久没有见到这种白面饼子了。

父亲曾经给我说过一件他亲眼看到的事，他当年在农场干活时，有位母亲带着吃的千里迢迢来看望儿子，儿子当着母亲的面，一口气吃了七个饼子，一斤红糖，随后喝了一碗水，一口气没上来，当时就憋晕在了那里，再也没有醒过来。

所以我一直觉得，在父亲的记忆里，白面饼子应该是父亲永远无法忘却的美食。

1993年，父亲曾在我太原的家里住了一个多月。父亲来的时候，我就给妻子说了，爸爸最爱吃的是饼子，吃饭时一定多准备点。

妻子自然明白我的意思，那些天，每顿饭都有饼子。各种各样的饼子：烧饼、烙饼、煎饼、油饼、烤饼、芝麻饼、发面饼、夹肉饼、葱油饼、油丝饼、千层饼……甚至还买了两次比萨饼。

父亲还是在老家的样子，吃饭从来不挑剔，也不多说什么，不管什么拿起来就吃。父亲吃得不多，说话也不多，但总是吃得很香。

临走的时候，妻子给爸爸又带回去了一大兜子饼子。都要上车了，父亲才回过身来对我说了一句："儿子，现在条件好了，也不能天天这么吃饼子。"

听了父亲的话，又差点没让我掉下泪来，赶忙点点头："……爸，我知道了。"

从我记事起，我几乎没见到父亲哭过，甚至都没有见到过父亲掉眼泪。那年奶奶去世时，可能由于忙着奶奶的丧事，每天焦头烂额，也没有见父亲哭过一声。

母亲也说过，你爸眼硬，轻易不掉眼泪。

那一年我的小说获了奖，还有两部小说被改成了影视剧，父亲专门给我写了一封长信，以示祝贺。父亲的一句话，至今让我记忆犹新："儿子，你就像一匹野生野长的小马，独自在无边无际的大草原上，给自己闯出了一条长满鲜花的道路……"父亲在信里还给我说了家里的一些情况，父亲刚正的字体和欢快的语句，显示着父亲的满意和快乐。我也很快给父亲回了一封信，让他和母亲多多保重，家里还有二亩地，年龄大了，能干就干点，不能干就别干了。

春节回家时，有一天，母亲悄悄对我说，你上次在信里写啥了，让你爸哭了一晚上。我听了不禁大吃一惊，有些发怔地看着母亲："我爸哭了一晚上？"

母亲说，那天晚上真把她吓着了，连邻居也跑了过来，怎么劝也劝不住。父亲哭得昏天黑地，像天塌了一样，一声接一声地放声大哭，先是在屋子里哭，又坐到院子里哭，晚上睡下了，仍然一阵子一阵子地哭。哭到了第二天，眼睛都肿了，连饭都没怎么吃。

我愣了好半天，问母亲是哪封信啊，我不记得在信里说过什么不好听的话,真的想不起来了。

母亲把那封信给了我,我看了一眼,就是父亲祝贺我时,我给父亲的那封回信。看到这封信,我也立刻明白父亲为什么会那样号啕大哭了。

我在给父亲的那封回信里,写了这样几句话:"……一切都好起来了,但夜深人静时,我常常会想到爷爷,想起奶奶。眼前时不时会浮现出精神失常的爷爷光着身子在满街跑的情景。有时候在睡梦里,也会突然醒来,看到寒冬腊月,奶奶一边为我暖被子,一边冻得哆哆嗦嗦的样子。让我一直难受的是,奶奶去世时,疼痛难忍,能喝的药只有正痛片……"

可能就是这一段话,戳到了父亲内心深处掩饰了很久的伤口,让父亲椎心泣血,痛不欲生。

那时候,父亲住的新房已经建了起来,父亲的工资,因为是离休,也是当时同事里面最高的。改革开放,让日子一天比一天好了起来。孩子们也算争气,让他终于能在人们面前挺起腰杆来。也许这是晚年的父亲一生中最惬意、最知足的时期。

但总有一些让他无法释怀的情结，地久天长地缠绕在他的心底。

也许就是这封信，让父亲憋屈了一辈子，如江海波涛一般的长怨深悔，终于找到了一个宣泄点，撕心裂肺，死去活来，放声号啕，大哭了一场。为他的父亲，为他的母亲，也为他的过去。

我常常想，也许平时看到的父亲，并不是那个真实的父亲。真实的父亲，一直隐藏得很深很深。

父亲快七十岁的那一年，我大姐的儿子在山大上学，没有专心学业，悄悄一个人回到了我们家，他的事父亲自然也是知道的。当时正是吃饭的时候……父亲不依不饶，一边追一边骂："刚八的，什么东西，毛头小子你懂什么！反了你了！"

父亲从不骂人，连大姐也算上，也是第一次听到父亲这样骂人，至于"刚八的"是什么意思，我今天也没有闹清楚，大概就是王八蛋一类的意思。

父亲不可遏制的愤慨和怒斥，也许是因为觉得他一生最好的岁月，就是眼前的改革开放时代，他无法容忍任何人对这个时代的任何亵渎和毁损。

我的这个外甥后来给我说，舅舅，你说怪不怪，最不该骂我的应该是姥爷，没想到骂我最狠的竟然会是姥爷。

他说他实在看不懂姥爷。

其实我也一样，父亲去世这么多年了，直到今天，我真的一直没能看懂父亲。

掐指一算，父亲去世已经三十多年了。父亲早已安息，母亲也已经陪他长眠。在无数个辗转反侧的夜里，在无数次睡梦中，父亲微笑，欢快，乐观，幽默，沉思，愁苦，郁闷，无奈，绝望，消瘦，劳顿，倔强，高傲，衣衫褴褛，颤颤巍巍，满头大汗，四处奔波，忙忙碌碌，疲惫不堪的形象仍会凸显在我的脑海里，栩栩如生，似在眼前，朦朦胧胧，又很远很远。

富贵还乡与锦衣夜行

也许是历朝历代的贪官污吏太多了,才使历史上为数不多的清官廉吏声名显赫并得以代代流传。我在我的长篇小说《重新生活》自序中写了这样一段话:"一个官员,如果选择做清官廉吏,就只能是一条最难、最苦、最艰辛当然也是最荣光的人生之路。清官难做,贪官好活。……"清官难做,清官不易,你一定要有这样的心理准备。

为什么?因为在一个贪腐文化肆虐的历史时期,贪官污吏得到的利益和光环要远大于清官廉吏。当一个官员握有重权,既没有制度的制约,又没有严密的监督,却坚持秉公办事、两袖清风、无欲无求、百毒不侵,视唾手可得的金钱美色如粪土,那就注定他在得到无数百姓的拥戴和赞誉的同时,也会受到诸多权贵的愤恨和踩踏。百姓的拥戴和赞誉是无形的,特别是在遥远的古代社会,口口相传的赞美和颂扬需要时间,需要一生的坚守。而权贵的愤恨和踩踏则是有形的,近距离的,尤其是围绕在皇权四周的权贵,他们的愤恨和踩踏,他们的报复和掣肘,铁定会成为你选择做清官廉吏的代价和危机,会让你时时处在一种险恶的政治环境和人生境遇之中。

我有个乒乓球友是正师级军官,爱兵如兄弟,领军如鹰隼。然而像他这样的职业军人,最怕的是逢年过节回家探亲。村里的人都觉得他在外面做大官,一定富得流油,办事能力也一定了得。亲朋好友和乡亲邻里纷至沓来,却没想到他连个像样的红包也给不起。他是独子,上要赡养父母,下要养育子女,靠的都是工资。平时士兵有了困难,他还常常接济。他提拔起来的将官,都是表现优秀、才能卓越的猛将。谁想为了提拔给他送礼，他定视如敝屣。逢年过节，他能收下一些土特产已经是很给面子了，至于别的"礼物"，他的部下谁也不敢造次。所以这样的军人又如何"衣锦还乡"？生活上捉襟见肘，让他很怕回老家，即使回家，也只能是"秉烛夜行"。他真的没什么财物和本事能应付亲朋好友、街坊邻居乃至父母的欲求和托付。

部队对指战员的年龄要求非常严格，不同级别的军官，有不同的年龄要求。年近五十的他，如果再不提拔，就要复员转业了。那一年，他找到我，有些不好意思，吞吞吐吐地问我是否认识某位书法家。我说认识啊，什么事？他说他们有个领导喜欢他的字，他想给这个领导送一幅字。我说他的字很贵的，你要多大的？他说贵就贵点吧，他也想开了，只要人家领导喜欢，大点贵点也没关系。我说你要几幅，多了可以便宜点。他想了想，那就两幅吧。我说四尺整张的还是八尺整张的？我说的字画尺寸，让他听得有些懵懂。我就摆个样子告诉他，四尺整张和八次整张有多长有多宽。他想了想，就八尺吧，大了送人好看点。我说那我就去给人家说说。两天后我告诉他，给你说好了，一两天就能拿到。他说，那太感谢了，一共多少钱？我说一幅给你减了十万，两幅一共一百四十万。他像听错了一样吓了一跳，惊诧莫名地问，多少钱？我又详细地给他说了一遍，市场价一平尺五万，八尺整张一共十六平尺，两幅三十二平尺，一共一百六十万，我让人家给你减了二十万，一共需要一百四十万。他像不认识我似的看着我，一脸震惊，面色苍白，好半天才说，……怎么这么贵啊，实在太贵了……我真的不知道这么贵。看他那窘迫的样子，我突然明白了，看来他根本就不知道当今的字画行情，肯定以为就写那么几溜字，几百几千就可以拿到。别说一百四十万，就是十万二十万，他也不一定付得起。结果当然可想而知，最终他一幅也没买。一年后，他就转业了。他后来告诉我，他的转业费，也没有人家两幅字的钱多。

这位大校，至今身体很壮，精气神十足，乒乓球比赛，常常拿冠军。我们一直是好朋友，他一直是我的好教练。每逢说起这件事，他总是万分尴尬地不断摇头，说他现在也看明白了，那会儿自己真够傻的。至于逢年过节回家的事，他干脆不提了，但据我所知，这些年他回去的次数越来越少了。

但与他同村的一个县领导就不同了，官职比他小几级，但回村时的威势和人望却让他望尘莫及。前呼后拥，宝马香车，探望的、送礼的几乎能排满街道。民间常常夸耀的"富贵不还乡，如锦衣夜行"，大概说的就是这类官员，而这也恰恰是对清官廉吏的最大折磨、羞辱和毁损。

我《天网》小说里面的原型刘郁瑞，他原是八十年代一个山区贫困县的县委书记。他是一个刚正不阿、铁面无私的正直官员，他的所作所为，我在我的《法撼汾西》和《天网》两部作品都有详尽的描述，本来他给我讲的故事还有很多很多，都十分生动感人，但因为那一场官司，续写的想法只好作罢。刘郁瑞为老百姓办事，必然会得罪很多权贵，后来不仅没得到提拔，反而遭到各种诬陷和审查，由于为官清廉，两袖清风，什么也没能查出来，最后在市里被安排了一个闲职，两年后便退休了。妻子也因此愤愤不平，郁郁寡欢，结果得了癌症而去世。几年后，刘郁瑞又找了一个老伴，每逢节假日，他这个老伴都要与他大打大闹一番。他当县委书记给老百姓办了很多好事，县里的老百姓逢年过节，都会有一些老百姓给他送来一些红薯、土豆、小米、菜籽油等土特产，这些不值钱的"礼品"，让他的新老伴十分恼怒，说你这么大个县委书记，逢年过节就只有这些破玩意？有一次，他的老伴居然把这些东西全都摔到了院子里。刘郁瑞不禁大怒，很快就与这个老伴离了婚。此后一直一个人生活，再未续弦。

　　有一次我去临汾，因为好久没见他了，便打电话让他过来吃个饭，再一起聊聊。那天当看到当年叱咤风云的刘郁瑞时，不禁吃了一惊，也就两年不见，没想到一下子就老了，满脸皱纹，腰背伛偻，身体情况也很差，吃饭也吃得不多。饭后到了酒店我住的房间，他问我，能不能洗个澡？我说当然可以啊，然后给他备了洗漱用品，并给他把水放好。那一次他洗的时间很长，前后差不多用了一个多小时，怕他出事，我好几次问他怎么样，他都说挺好挺好。等他洗完了，汗津津地走出来，有些不好意思地对我说，我洗完了，就是那个水管子不知道怎么摆弄，你帮我把水放了吧。听他这么说，我心中不禁一阵悲凉。这是一个新的洗浴装备，他居然不知道怎么放水，估计很久很久没有住过这样的宾馆了，更没有在这样的地方洗过澡了。我放水的时候，心头再次一震，他洗过的浑水下面，洗掉的皮屑，整整一层，足有半寸多厚，可见他已经很久很久没有这样洗过澡了。他曾是一个县委书记啊，也许就是因为正派，因为廉洁，因为没有更多的积蓄，自然也得不到更多的帮助和回馈，所以他的晚年只能是这样的孤独、凄凉和悲摧！据我所知，他的孩子其实都很孝顺，但因为工作繁忙，又不能整日守在他跟前，他也不肯时时打搅孩子，更不愿让孩子们替他分忧解愁，什么事也只能一个人扛着。面对着这样的清官廉吏，我禁不住屡屡扼腕长叹，好人还有好报，好官却为什么会沦落如此？

后来我也到政府工作了几年，逢年过节，也曾到过一些领导家里拜年问候，每当看到那些堆积如山，连院子里也放满了鲜花和礼品的情景，不知为什么，我止不住就会想到刘郁瑞，就会想到水池子里那一层厚厚的皮屑。

我是一个民盟盟员，张澜先生是民盟的创始人，在民国时期曾做过四川省省长，在新中国成立之后做过国家副主席、全国人大常委会副委员长、全国政协副主席。有一次，去看"张澜家风轶事展"，展厅不大，展品也不多，在一个很小的阁楼上，也就几十平方米。可能因为不是周末吧，参观的人也不多。展厅门可罗雀，冷冷清清。但恰是因为这样，在这个静静的寂寞的环境里，让我不受干扰,有时间看得十分仔细。总共就那么几十张图片,十几页介绍,却让我们看到了张澜先生诸多感人的往事,看到了他秉持一生的道德操守,令我肃然起敬,终生难忘。他留给我们的真实的生活细节和文字,体现了一个大写的民盟先贤的可贵品质和高尚情怀。

张澜一生清廉,胡耀邦同志曾赞扬他"有一个很优良的气质,强烈的正义感"。说他有强烈的正义感,完全来自他的廉洁自律、刚正不阿。

1911年,张澜参与领导的四川"保路运动",促成辛亥革命的爆发。孙中山多次对他委以重任,蔡锷将军评价他"廉洁奉公,任人唯贤,为民除害,城乡安谧"。他在四川嘉陵任职期间,"励精图治,惩治贪官,废除苛捐杂税,举廉能,除恶霸,去弊政,人民安居乐业,声誉布满全川"。后蔡锷赴日治病,再次举荐张澜出任四川省省长。张澜赴任途中,路遇劫匪,为首大盗强人王三春发现这个省长只带了随从一人,所带的两口木箱竟然分文无有，全都是旧衣和书籍，不禁大为感叹。王三春一生打劫无数，如此大官又如此清贫，张澜是第一人。遂发誓今后不再为盗，并一路护送张澜到成都。张澜任省长期间，"去苛捐，免杂税，兴产业，反贪污，废除百年陈规陋习，深得百姓拥戴"。张澜夫人前来看望他时，竟然"房无一间"，只好在街上临时租了一间旧房居住。

两年后，共和式微，军阀混战，四川军阀石青阳占据四川大部，处处设卡，视张澜为政敌。而后熊克武占据四川，指责张澜为贪官，命令石青阳查抄张澜住宅。张澜对此表示"不胜骇异"，据理反驳，"事关国家财政，人民膏血，断不受无端之污毁。鄙人平生日无一长，维不贪财一节，差堪自信"。熊克武不为所动，依然令石青阳去张澜处抄家。但抄查结果，竟是"陋室一间，一无所获"。石青阳无法相信，又连夜下令赴张澜老家查抄，仍然是"家徒四壁，旧衣陋柜"。石青阳对此结果仍心有不甘，亲率士兵到乡下查访，只见张澜八旬老母率家人在田间劳作,"耕种熟习,坦然无忧戚之态",士兵们见张澜家"环堵萧然,一屋空空,竟无一样像样的东西,一派凄清景象",无不面露敬佩之色。石青阳不禁大为感慨,"川北圣人之名不虚也"。而后石青阳向熊克武汇报,熊克武"伫立发痴,久久肃然无声"。自此唯有对张澜的敬重,再无人议及张澜的家财。

新中国成立之后,张澜身为国家副主席、全国人大常委会副委员长、全国政协副主席、民盟中央主席,始终布衣素食,勤俭持家。国家分配给他的一处副国级住宅,他坚决谢绝,一直居住在一所简陋的住宅之内。国家每月给他的二百元补助,他始终分文不取,全部交给国家。

1954年,毛泽东主席在天安门上当着众人称赞张澜:"表老,你是一面旗帜,插到哪里就起作用,而这个作用是别人起不到的。表老者,天下之大老也!表老啊,你的德很好,你是与日俱进的啊!"1955年张澜去世,周总理夫人邓颖超去看望张澜夫人，看到家中唯一的一口木箱中都是一些打了补丁的衣服和袜子，止不住掉下泪来。

正因为张澜是一个廉洁奉公的领导干部，所以他一生襟怀坦白，光明磊落，道貌凛然，刚正不阿。同那些狗苟蝇营、狼贪鼠窃，一世如惊弓之鸟、过街之鼠之辈相比，完全是截然不同的人生境界。正如我在《重新生活》自序中写过的："清官难做，但清官一生清风朗月，堂堂正正；贪官好活，但贪官一世昏天黑地，日日煎熬。"似张澜这样的领导干部，才会在他的后辈之中涌现出一批卓越的国家英才。比起那些坐享其成、只会吃喝玩乐、"富不过三代"的权贵子孙，张澜留给社会的遗产将恩泽万代，普惠众生，无比珍贵和厚重。

2006年，为纪念红军长征70周年，中国作协组织了"重走红军路"活动。当年的长征路，虽然变化很大，但对我们来说，依旧都是路途险峻，非常难走的崎岖山路。当我们坐在车里"走"了没多久，大家就止不住地开始感叹，当年的红军，没有吃的，没有穿的,一边被围追堵截,一边日夜兼行,那得有多大毅力,多强的意志,才能坚持得下来。

当我们走进当年的草地,若尔盖大草原时,看到了一块天然大石头,上面写着几个红色的大字,"红军长征走过的大草原"。可能由于时间久了,红色已经泛白,字体几乎认不出来。这是我们当时重走长征路时遇到的唯一一座红军长征纪念碑,不禁让我们刻骨铭心,切肤难忘。据说现在已经有了不少纪念碑,像班佑红军纪念碑、九大元帅长征纪念碑、红军长征纪念碑碑园,等等。

如今的若尔盖大草原已经更名为"红原",这里海拔超高,空气稀薄,气候恶劣,不到10月份,晚上的气温已在零度以下。我们这些作家,即使是坐在有空调的豪华面包车里,还需要不停地吸氧。去若尔盖大草原的那天下午,汽车在行驶途中,猛然间狂风大作,暴雨倾盆,我们的车当时正行驶在山谷之间,能见度只有十几米。雷鸣电闪之际,突然山上一阵轰鸣,几颗巨大的石块从半山腰里滚滚而下,有一块砸在我们车前只有几米的地方。一车人震惊失色,悄无声息。也许在那一刹那间,我们再一次真正体验到了当年红军长征时的壮烈。

在若尔盖这座大草原上,有成千上万名红军战士牺牲在了这里。在很多地方,都是一个整连,一个整营,几十人,几百人一起静静坐在那里,没有粮食,没有棉衣,一起悄无声息地永远留在了这片冰冷刺骨的草地上。

那次的重走长征路活动,三十多个作家,前后近二十天。当过了会宁,最终来到了西安,在研讨会上,我第一次见到铁凝主席在发言时泣不成声,泪流满面,好久好久说不出话来。

我那天发言时,念了我写的一首诗,这是我创作的第一首诗。因为以我当时的感觉,觉得只有诗,才能表达我的心情。

......

长空被利剑劈开,

让群山肃立；

大地轰然倒塌，

红原被高高托起！

白云低垂，

草木含悲，

辽阔的若尔盖，

为什么会如此沉寂？

红军先辈，

我们来看望你们了！

你们的英魂，

是否还守候在这里？

好清静啊，

清静得甚至让我们

感受不到你们

一丝的气息！

那瑟瑟的风声,

可是你们轻轻的低语?

那一望无际的绿色,

可是你们伟岸的身躯?

那遍地淡淡的野花,

可是你们娓娓的叙说,

那一汪汪幽幽的清溪,

可是你们绵绵的思绪?

是不是我们

来得太晚了,

那倏然而至的雨水,

可是你们无声的泪滴?

让我们好愧疚啊,

在这无边无际的岩崖旁,

我们竟至于找不到一座

镌刻着你们姓名的石碑!

面对着茫茫的草原,
面对着高耸的山脊,
顿时间,
我们泪飞如雨!

只有七十年啊,
还有多少人,
仍铭记着你们当年的
壮烈和功绩?

遥想当年的父母,
可曾日日夜夜,
在期盼着你们的回归?
当年的妻子儿女,
可曾一次次
与你们在梦中相聚?

那遍地的寺庙

不尽的香火,

与你们身后的孤寂,

又让多少人,

慨叹不已!

悲愤不已!

……

那突如其来的阴云,

是否也让你们感到窒息?

那不期而至的寒风,

是否也让你们领略到阵阵寒意?

你们用血肉铸就的山河,

可曾让你们忧虑和焦急?

那胡长青、成克杰之流的

蜕变和贪婪,

可曾让你们心碎和痛惜!

大地无语,

> 是因为你们的痛入骨髓？
>
> 高山肃穆，
>
> 是因为你们的哀毁骨立！
>
> 若尔盖的红原
>
> 让我们泪飞如雨！
>
> 泪飞如雨……
>
> ……

今天再看这首不像诗的诗，依然有些激动。战争年代战士的英勇牺牲与和平年代优秀干部的无私奉献，都应该被我们永远牢记。都应该让他们没有遗憾，没有怅惘，没有慨叹，没有悲愤，没有牵肠挂肚，没有默默无闻，没有痛入骨髓，没有哀毁骨立。

如果哪一天，我们国家的英雄和清官廉吏能越来越多，而且都能有一个好的结局，都能有一个稳定的生活，都有一个不被忘却的晚年，都有一个没有后顾之忧，一直受到尊重的社会氛围，也不再有

"富贵不还乡,如锦衣夜行"的训诫和煎熬,那我们这个社会也许就会更有希望,我们的人民也许真的就会看到世界大同的那一天。

拮据的中国诗人和曾经富有的俄罗斯作家

几十年间,曾走访过很多国家,印象最深,至今难忘的还是到俄罗斯的那一次。

那是苏联刚刚解体的第二年,1992年的秋天。

由《人民日报》海外版总编、作家丁振海率队,我和报告文学作家黄传会、诗人昌耀、中国作协外联部刘宪平,随同中国文化代表团,同赴苏联刚刚解体后的俄罗斯,主要任务就是全面恢复中国与俄罗斯作家协会之间的文化交往和联系。

整个文化代表团由文化部一位副部长任总团长,涉及文学、戏曲、舞蹈、音乐、美术等各个方面。

这是中国作协一次重要的外事活动,作协领导十分重视,临行前还专门看望了我们,并给了我们各种各样的嘱咐和纪律要求。之所以如此,原因只有一个,就是苏联刚刚解体,新生的俄罗斯动荡不安,意识形态也十分复杂混乱,言行举止一定要注意,一定要谨慎小心。我们是社会主义国家,到了俄罗斯,不该说的话不说,不该做的事不做。

得到走访俄罗斯的通知时,我十分兴奋和激动。俄罗斯文学是自己阅读最多的外国文学。托尔斯泰、普希金、屠格涅夫、陀思妥耶夫斯基、高尔基、契诃夫,在自己心目中都是神一样的存在。而且这是自己的第一次出国,心中的欣喜和期盼可想而知。

诗人昌耀,大名鼎鼎,但好像不善言谈,总是沉默着,一脸严肃,很难看到他的笑容。报告文学作家黄传会是我十分喜欢的军旅作家,健谈幽默,英武潇洒,一路上大家都愿意与他聊天。丁振海是

《人民日报》海外版总编，是当时一起出行我遇到过的最大的官员，因为是团长，所以对我们很关心，也很和蔼。刘宪平是个俄罗斯通，兼任翻译，有什么事，我们都得找他，出了国，谁也离不开他。几个人吃住行整天在一起，所以相互之间很快就熟悉了起来。

苏联解体后，俄罗斯卢布急速贬值，美元是硬通货，在俄罗斯使用没有障碍。临行前，规定我们每人可以兑换五十美元作为零花钱。记得那个时候美元和人民币官方汇率是1∶5.6左右，私下兑换，好像在1∶8左右，甚至更高，所以我们都按规定做了足额兑换。只有昌耀说他没有那么多钱，只能兑换二十美元。我当时不禁吓了一跳，默默地看了他好半天。昌耀在当时是一个著名的诗人，而且还是一个文学期刊的编辑，是有固定工资的。虽然那时候的工资水平不高，一个月二百元左右，但以他的名声和影响，不至于连五十美元都兑换不了。但他神色决绝，就只要求兑换二十美元。于是最终让我捡了一个便宜,他剩余的美元都让我兑换了。大家之所以同意让我兑换多余的美元,是因为我当时自己带了一箱汾酒,准备见到俄罗斯作协的领导签署双方合作协议时,就喝我们中国的汾酒以示庆贺。

俄罗斯人喜欢喝酒,那是闻名遐迩,我们也早有所闻。那时候的汾酒也很便宜,尽管是坛子汾酒,也只有六块多钱一瓶。那时候我的长篇《法撼汾西》刚刚出版,有一万多的稿酬,在当时我们的团队里,我确实还算是一个有钱的作家。

说实话,当时的作家大都很穷困,所以作家们都自嘲自己就是一个穷作家,一贫如洗,什么也没有。其实今天看,我当时的一万多稿费,也就是一两千美元,尽管比昌耀钱多点,比改革开放前富了很多,但其实还是一个地地道道的穷作家。

不过等到了俄罗斯作协和独联体作协,我才发现,比起当时的俄罗斯作家,我们确实还算是很"富有"。

到了莫斯科，第一次走访俄罗斯作家协会，是在一个至今已经记不住名字的高层楼里。说是高层，也就是十层不到。带领我们去的是俄罗斯作家协会秘书长瓦西里，这是与我们接洽并负责接待我们的唯一一位俄罗斯作协领导。其实后来才知道，苏联解体后，苏联作家协会也跟着解散，当时所谓的独联体作协和并没有真正成立的俄罗斯作协也基本上是分崩离析，徒有其名。叶利钦总统下令解散苏联作家协会时，只有一个理由，就是新俄罗斯"节约经费，不养闲人"。苏联作协解散后，作家协会完全变成了彻底的民间组织。作家协会没了经费，作家没了工资，近万名作协会员在一夜之间便没有了官方组织。苏联作协大院已经被迫租了出去，作家协会事实上已经没了办公场所。这个瓦西里秘书长也就是作家协会的临时看门人，薪酬很低，也不怎么上班。如果不是他老婆是一个知名的网球教练，家境还算可以，他早就离开这个作家协会了。他与我们是自来熟，表情十分轻松，说话也很有趣,一边介绍着他们的情况,一边不时地向我们耸耸肩膀,显示着他的无奈和无望。

这时候我们也就明白了为什么把两国作家协会会面的地点放在了这样一个简陋的高层大楼里。苏联地域辽阔,不论是公职人员还是普通工人,只要在大城市工作,都会在郊区给你分发一块土地,在五百至一千平方米左右,甚至更多。当然,如果你是大领导、大企业家,那分到的会更多。一般人都会在这些地方建一个住所,就像我们现在说的那种小院别墅。周末,大家都会来城外这里度假。或者消遣,或者养花,或者种一些瓜果蔬菜之类的农作物。苏联解体后,这些情况并没有大的改变。当然,穷人富人,上流底层,境况会完全不同。

大楼电梯很差,摇摇晃晃,哐当哐当,响声惊天动地,把我们几个吓得脸面失色,只有瓦西里秘书长习以为常,毫不介意。刘宪平悄悄给我们说,苏联时期一直到现在的俄罗斯,都是一样的做法,只重视军工业,重工业、轻工业并不发达,民用产品质量很差,大都是这个样子。

越到后来,越发现此言确实不虚。比如接待我们的小汽车,就是一辆破旧的拉达车,很挤很矮,嗵嗵嗵嗵,引擎好半天也发动不了。会面时我们临时上厕所,都有专人领着,进厕所还得开锁。俄罗斯人身高体壮,厕所却小得出奇,进去了几乎转不过身子。尤其让我吃惊的是,厕所里没有手纸,垃圾篓子里扔进去的手纸居然都是报纸片。

原来想象中强大美丽的俄罗斯,就这么几个细节,立刻让我惊诧莫名,无法相信眼前的景象。

第一次同我们见面的俄罗斯作协成员,有七八个人,好像是苏联俄罗斯联邦作家协会的几位领导,还有几个作家诗人。其中有苏联俄罗斯联邦作协主席谢尔盖·米哈尔科夫,他是诗人、作家,苏联国歌的词作者,曾多次获奖,作品也多次入选中小学课本。他创作的苏联国歌,得到过斯大林的亲自审定,先后七次与斯大林见面。苏联解体后,又连续三次修改国歌。2003年,他九十岁生日时,俄罗斯总统普京亲自授予他祖国功勋勋章。九十六岁去世时,时任总统梅德韦杰夫和总理普京,都给他发了唁电,这是一个在俄罗斯几乎家喻户晓的著名作家。

那时我们见到的谢尔盖·米哈尔科夫主席,已经八十岁了,满脸沧桑,一身疲惫。高高的个子,面带菜色,略有驼背,人显得很瘦。

双方见面会谈都是由丁振海团长和谢尔盖·米哈尔科夫主席两人间直接交流。丁团长首先说明了中国作家代表团这次来俄的目的和对俄罗斯作协的问候。谢尔盖主席听得很认真也很仔细,时不时还要求再翻译一遍。

从与谢尔盖主席的对话里,我们渐渐了解了俄罗斯作协的一些现状。苏联作协被解散后,事实上已经分成了两大阵营,一个是传统派,一个是自由派,都声称自己是真正的俄罗斯作家协会。但在谢尔盖眼里,苏联作协那些分离出去的七八百位自由派作家,其实就是国外势力扶持的一批作家。并说只要作家加入他们的协会,就给作家发放一台电脑,所以他认为他们的经费并不成问题。那时候电脑在俄罗斯应该是难以买到的高级奢侈品,即使在中国,也一样并不普及。谢尔盖主席还说中国是社会主义国家,现在已经富裕了,也应该给作家协会在经费和物质上予以支持。

听到这里,我才发现我们的处境确实有些尴尬,我们这个中国作家代表团,来俄罗斯恢复两国作家协会的交往和联系,面对的竟然是两个不同的俄罗斯作家协会。我们现在面对的是原来的俄罗斯联邦作家协会,另外还有一个分裂出去的俄罗斯作家协会。难怪我们出国前,中国作协领导一再嘱咐我们情况复杂,不该说的话一定不说。

这是我第一次出国遇到的这些关于作家协会的有关情况,其实后来出国多了,了解的情况也多了,对这些也就不觉得奇怪了。在国外,作家协会和笔会多如牛毛。比如2005年和池莉、毕四海一起访问日本笔会，才知道日本有无数个笔会和作家协会。几个写东西的人，觉得合得来，只要大家同意，立刻就可成立一个作协或者笔会。我们当时参加全日本笔会大会，近千人的会场，居然没有主席台，台上连发言讲话的位置也没有。台下连坐的地方也没有，会员们都站在那里开会。会场热闹非凡，还不时抽奖，掌声笑声不断。我们离开时，他们集体给我们鼓掌，气氛十分热烈。

但当时在俄罗斯，当听到谢尔盖主席讲到这些的时候，让我们震惊不已，久久无法平静。特别是讲到作协解散，作家们没了工资，没了生活来源，甚至集体静坐，联名写信，都没有任何效果的时候，更是让我们目瞪口呆，惊诧不已。

说到后来，谢尔盖主席十分痛心地说，苏联没解体前，他存款二十七万卢布，这可是一笔巨款。可以买几十辆小轿车，即使没有工资，也可以无忧无虑地生活几十年。苏联解体后，不到一年，卢布贬值了无数倍，现在这二十七万卢布，只相当于普通职工一个星期的工资,在街上好点的餐馆吃一顿饭都不够。他说他们现在一个星期的工资,按官方汇率算,也就相等于三四美元。如果在黑市,估计也就是一二美元。他这个作协主席,曾经的富翁,现在已经一贫如洗,穷得连饭也吃不起了。

后来感觉也确实如此,在场的几个人,个个面如菜色,中午招待我们的是冷餐,也就是一些冷面包和蛋糕块,还有一些说不上来的饮料。事实上我们并没有吃多少,很快就被他们风卷残云,一扫而空,一眨眼间就吃得一丝不剩,干干净净。

再次让我们瞠目结舌,窘迫万分。

同他们相比,突然觉得我们很"富有",即使连昌耀算上,在他们这里,也一样应该是个"有钱人"。

会见结束后,刘宪平告诉我们说,整个俄罗斯现在大概都是这样。物价飞涨,通货膨胀,货币以每年2500%的速度贬值。好在俄罗斯的电费、水费、住房费，还有教育、医疗，都是完全免费的。这都是苏联时期的遗产，现在推行的市场经济"休克疗法"还没有把这些取消，否则老百姓肯定都会再次"造反"了。

当时我给丁振海团长建议，作为回敬，我们是不是应该在莫斯科找个合适的饭店请请人家？反正还有一箱子汾酒呢，总不至于再带回去吧。

丁团长说，来时开会就决定了，这次来俄罗斯，中方任何代表团，一律不请客。一是俄方的接待方案里，没有宴请我们的安排；二是如果我们宴请俄方，无法确定宴请的客人，如果宴请的客人不合适，反而会适得其反，引起不必要的纷争。当然，还有一个不好说的原因，俄罗斯物价太高了，在一个像样的莫斯科餐厅宴请客人，那将会是一笔不小的开支。比如像我们作家代表团，除去来回机票和其他交通费用，所剩经费也就几百美元，其中还包括我们每人兑换的五十美元。几百美元在莫斯科宴请俄罗斯作协的成员，简直有点天方夜谭。再说了，即使有钱宴请，你该请谁呢？又该请多少客人？万一对方一下子来了几十个人，那我们岂不是要砸锅卖铁，四处借钱？

听团长这么讲，我终于明白了，我们这个作家代表团，也许就是来走个过场，搞个形式，以表明中国作协的美好意愿。至于俄罗斯作协下一步如何演变，我们无法也不能做任何表态，只能静观其变，拭目以待。

来莫斯科前，我的责编让我给他的莫斯科朋友带了一箱子蔬菜，有黄瓜、蒜薹、西葫芦、大葱等。箱子很大很沉，足有几十斤。我当时有些吃惊，问这些东西能带过去吗？责编说，没问题，我们经常干这样的事情。他自信满满地告诉我，下了飞机，他的朋友会在机场等我，交给她即可，不会误我的事情。

果然一路顺畅，什么事情也没有发生。当时我问责编的朋友，这些菜莫斯科没有吗？她说当然有，就是太贵了，贵得不可理喻。你这一趟，我们省着吃，可以吃一个月，能给我们节省几万卢布。我说为什么会这样？她说阵痛呗，经济上搞休克疗法，导致货币大幅贬值。排队兑换美元，前面还是一美元兑换五百卢布，等排到你跟前，就涨到一美元兑换一千五百卢布了。物价像脱缰野马，一天一个样，摩托车今天八千卢布，第二天再去买，就成了十几万卢布了。肉类的东西价格还可以，就是青菜贵得离谱，一般的家庭都买不起。最后她给我说了两句至今记忆犹新的话：

"苏联时期，物价稳定，汇率稳定，可商场货架上什么也没有，老百姓什么也买不到；苏联解体后，商场货架上东西渐渐多了，但物价汇率疯一样地涨，老百姓一样买不起。"

临走时，她还嘱咐我一定注意安全，在莫斯科，千万不要单个人出行，抢包、抢钱的，不论白天还是晚上，每天都有无数起。

晚上住在莫斯科宾馆，俄罗斯最大的宾馆，就在红场旁边。头一天因为航班到达莫斯科比较晚，等办完手续，已经是后半夜了，匆匆睡了一觉，并没有感觉到有什么异常。

第二天晚上，睡下了，才发现有些不对劲。首先是电话铃声响个不停，接听电话，清一色都是女声，也听不懂对方在说什么。后来询问翻译刘宪平，他说，我正要给你们打电话，凡是接到女郎的电话，如果说的不是中文，只需要说"嗫、嗫"即可，俄语"嗫"就是不要的意思。意思就是来电话的都是应召女郎，不用理她们即可。在国内从来没有遇到这样的事情，不禁有些发蒙，这是国家级的宾馆啊，怎么会这样？居然有这么多应召女郎毫无顾忌地给房间打电话。第二天才知道，莫斯科宾馆应召女郎在全世界都是有名的。据说每次一百美元，只要你同意了，一分钟就可以走进你的房间。没办法，大半晚上都是接了挂，挂了又接，嗫、嗫、嗫地说个不停。闹腾到深夜，才算消停下来。晚上去洗手间，不禁又吓了一大跳，澡池里黑压压地爬满了一层大大小小的蟑螂,大的足有三四厘米长,飞起来哗哗哗哗地响。后来也才知道,俄罗斯蟑螂也同样名扬四海,无人不晓。俄罗斯大部分地区虽然十分寒冷,但由于常年供暖,户户终年有热水,因此蟑螂应时而生,大行其道,铺天盖地,又大又肥,始终难以绝灭。

再返回床上,只觉得发根直竖,浑身打战,怎么也睡不着了。心里也阵阵发怵,刺啦刺啦的声音,好像蟑螂到处在爬。大名鼎鼎的莫斯科宾馆怎么会是这么一个样子。

第二天早餐时,大家相互诉苦,原来都是一样的遭遇和感觉。我问刘宪平,那些应召女郎都是一些什么人?刘宪平说,白人黑人黄种人,哪个国家的人都有,你要是懂外语,什么样的女郎都能找得到。漂亮的价格也高,你甚至可以给她们讲条件,让她们一次来几个,你在大门窥视镜里挑选,看上谁就让谁进来。这些应召女郎都很讲规矩,不会乱来。当然,莫斯科宾馆应该是这些女郎的总后台,也不允许她们乱来。

我们给刘宪平开玩笑,我们几个作家住在宾馆,宾馆这样乱哄哄,也不怕我们犯错误?

刘宪平笑笑,你看昌耀,兜里就二十美元,还怕他犯错误?黄传会是部队作家,更不会犯错误。张平美元最多,也只有八十美元。就算八十美元可以,见了高高大大的莫斯科女郎,估计也是有贼心没有贼胆,吓也吓死了。

大家哄笑起来,连一向不苟言笑的昌耀,脸上也露出了久违的笑容。

接下来,我们这个中国作家代表团又和俄罗斯作家举行了两次见面会。

一次是同独联体作协的几个作家见面,至于都是什么样的作家,我们也分不清了。瓦西里秘书长带来什么样的作家,我们就同什么样的作家会谈。到这会儿我们也不再理会哪些作家是正式的,哪些作家是非正式的。我们唯一要表明的就是中国作家协会的友好态度，继续与俄罗斯作协和作家保持接触和来往，我们也欢迎俄罗斯作家和代表团随时访问中国。

双方始终非常友好，大家情绪也始终很热烈。中午的冷餐依然简陋，但依然被他们一扫而光。

实话实说，这两天我们在俄罗斯吃到的招待餐也很差，基本都是在一个很拥挤的地下室餐厅用餐，红菜汤、粗黑面包，还有一道荤菜，也不知是什么肉，口感很差。在中国这些年，即使是在县城和乡下，也从来没吃过这么难吃的面包和红菜汤。但不管如何，我们毕竟还能吃饱。而我们见到的这些俄罗斯作家，在当时困窘的经济条件下，很可能连吃饱饭也是问题。他们个个面如菜色，大都十分清瘦。所以他们招待的冷餐，我们几个基本都不动手，都留给他们吃了。

其中有一个蒙古族模样的作家，好几次对我们情绪激动地说："当年我们俄罗斯联邦曾经帮助过你们，现在应该是你们帮助我们俄罗斯联邦的时候了！"

我们几个人都无言以对，不知该如何对答。

代表团唯一接到邀请去家里吃晚餐的是苏联一家顶级文学刊物的总编辑发出的，他也是一位赫赫有名的作家。这份文学刊物，在发行鼎盛时期，也就是苏联解体前后，最多一期曾高达上千万册。在苏联真正是家喻户晓，尽人皆知。

总编的家并不大，灯光也不怎么亮。屋子里黑乎乎的，到处堆满了书。在俄罗斯，请客人到家里吃饭，是一种特有的尊贵的礼遇。所以大家都很礼貌，都很谨慎。

感觉丁振海团长和这个总编辑有过交往，因此双方交谈又非常随意，没有什么压力。这个总编辑给我们谈了很多俄罗斯方面的社会情况，经济情况，也包括文学的情况。还谈到了苏联解体的原因，当然这都是他自己的观点和看法。

对苏联的解体，他说得最多的一句话，也是最主要的一个观点，就是政府太腐朽了，国家都被掏空了,人民无法再忍受了。

但对解体后的俄罗斯,他一样感到绝望。国家的财产完全被贱卖了,人民更穷了,现在看不到任何出路和希望。更没想到的是,当初的权贵和高官,现在摇身一变,都成了吃人不吐骨头的资本大鳄,张开血盆大口,里应外合,变本加厉,鲸吞着人民的血汗和国家财富。作为知识分子群体,他们根本没想到,这些人对人民会这么狠。

记不得当时谁问了他一句,对这种社会状况的产生,当初你们的刊物不也一样发挥了推波助澜的作用?

他回答了一句让我至今振聋发聩的话:"是的,我们确实没有预料到,当初的努力换来的竟会是这样一个血腥野蛮的资本社会。在华丽口号的掩盖下,当今社会把计划经济最凶险的方面保留了下来,把资本经济最邪恶的东西又引进了过来,两者叠加,恶上加恶,再加上根深蒂固、无处不在的公然腐败,让国民任人宰割,无处可逃,惨上加惨。这样的社会境况,几乎让所有的俄罗斯人做梦都没想到。"

他的话给了我非常深刻的印象。之后很久很久了,我总是在想,俄罗斯地大物博,物产丰富,民强俗厚,人才济济,以中国人的说法,真正是物华天宝,人杰地灵,很容易物阜民丰,兴旺发达。但为什么会沦落至此,甚至到了摇摇欲坠、全线垮塌的地步?后来我们在去圣彼得堡的火车上,看到广袤而壮美的土地上,大片的庄稼无人收割。肥沃的平原上,长满了七歪八倒,无人管理,根本不成材的杂树和荆棘。我是在农村长大的,看到这种景象不禁感到万分惋惜和痛心。这么多肥沃平整的可耕之地,为什么还有那么多的俄罗斯人在挨饿?连青菜也吃不到?

1995年创作我的长篇小说《抉择》时,李高成市长和东欧某国原劳动部部长见面时的对话,就引用了当年这个总编和其他俄罗斯人的一些观点,或者可以这样说,创作的灵感就来自当时在俄罗斯的这些对话和感受。东欧某国的原劳动部部长在国家解体后,最终被中国的一家民营企业选做了秘书。李高成市长了解到他的情况后,特意请他吃饭,席间两人有一番交谈。

  李高成:"……巴柏恩先生,我绝没有任何别的意思。我只是想问问,你曾是你们国家的一个高级政府官员,如今却做了一家私营企业的秘书,在这方面,你肯定会有特别深刻而又刻骨铭心的体会和感想,是不是?"

  巴柏恩:"是的。"

  李高成:"你能谈谈吗?"

  巴柏恩:"我想你应该体会得到的。"

  李高成:"我想听听具体的。"

  巴柏恩:"其实我现在已经很平静了,如果在当时你这样提问,我想我会受不了的。怎么说呢?就好像在一夜之间,你突然之间什么也不是,什么也没有了,真正成了一个一文不名的穷光蛋。想想那是一件多么可怕的事情！你原来住的房子被没收了，所有的资金财产也全都被冻结了，生活来源全被切断了，而且你没了工作，没了工资，没了任何可以养家糊口的经济来源。尤其让你感到可怕的是，你几乎丧失了一切，连自己也无法养活自己。"

李高成："那后来呢？"

巴柏恩："没办法，我只好去找临时工干。我当过搬运工、装卸工、清洁工，即便是这样的活儿，我也常常干不好。但这并不是最让我难过的事情，干不好我可以慢慢学，扛不了重的我可以扛轻的，挣不了多的，我就少挣点。最让我难过的，那就是跟我一起去干活的同事和工人，一旦认出我来，便乐得哈哈大笑，说以前你在我们面前指手画脚，整天光知道开会和夸夸其谈，现在也跟我们一样了。我们总算可以平起平坐，你也知道当工人是什么滋味了。"

李高成："我想你确实非常难过。"

巴柏恩："我难过的并不是我自己，而是替我们过去的行为而感到难过。我们执政那么多年，换来的却是人民的嘲笑和讥讽，这真是太让人感到痛心了。"

李高成："你分析过没有，国家成了这样，最主要的原因究竟是什么？"

巴柏恩："我想你是清楚的，不过我还是想给你谈谈我的想法。"

李高成："谢谢，我真的很想听。"

巴柏恩："第一，这是人所共知的原因，原苏联的影响太重太大，我们所有的一切都只能按他们的来，这也是没办法的事情。第二，没想到原苏联解体得会那么快，当它不存在了的时候，我们也跟着不存在了……"

李高成:"但如果你们当时下定决心进行改革,下定决心挣脱原苏联僵化的模式,也许还来得及……"

巴柏恩:"不,其实那时已经来不及了。"

李高成:"为什么?"

巴柏恩:"国家的机制已经坏死了,它已经没有这个能力,也已经没有这个实力了。一句话,国家太穷了,国力已经被耗尽了。"

李高成:"但人民的信心并没有失去,人民的热情并没有熄灭,你们还有人民的支持……"

巴柏恩:"没有了,什么都没有了。"

李高成:"为什么?"

巴柏恩:"我们让人民期待得太久了,我们的人民实在太穷了……"

……

《抉择》创作至今，已经快三十年过去了，但现在每年还能销售数万册，网络点击率也居高不下，很多年轻的读者都对这段话产生了深深的印象。

我常常想，《抉择》的创作和出版，也许才是这次俄罗斯之行最大的收获。

这次走访俄罗斯前后一共五天，除了与俄罗斯部分作家见面，由瓦西里秘书长带领，还去了几个与文学有关的地方。这期间我们还观看了一场莫斯科中小学生的舞蹈演出。这场舞蹈太美了，孩子们的清纯靓丽，俄罗斯舞蹈的热烈奔放，终于让我们感受到了俄罗斯的美好希望和未来。值得一提的是，在莫斯科我们曾一起参观了红场列宁墓，下到墓中观看了躺在水晶棺木中的列宁遗像。没想到列宁的遗像面色红润，栩栩如生，在灯光下就像睡着了一样。参观后，按惯例给每人都颁发了一枚非常精致的列宁像章。我们当时就别在了衣服上，我们从小曾看过无数次苏联的电影,列宁的形象在我们心目中高大神圣,坚不可摧。

然而当我们走在大街上的时候,时不时总有人过来指着我们胸前的列宁像章哇啦哇啦说半天。刚开始还以为这是对我们的赞赏,但后来感觉神色不大对,我们便问刘宪平,他们说的都是什么。

刘宪平笑笑说,他们在批评咱们呢。说这个人是个狗崽子,你们为什么要佩戴他的头像?

我们几个顿时都大吃一惊,这实在太出乎我们的预料了。苏联刚刚解体,社会氛围和思想意识怎么就变成了这样?

刘宪平还说,斯大林和列宁,现在在俄罗斯的一些公众场合都是不能提的,因为我们是中国游客,对我们还算是友好的。如果是俄罗斯国内的人士,很可能就会因此而发生激烈的争辩和冲突,所以现在俄罗斯国内的人大都不佩戴这样的像章了,免得惹事和带来麻烦。

为什么呢?我问刘宪平。他很认真地对我说,这些俄罗斯人一个普遍的观点，就是这些曾经的苏联领袖，当时对国内的知识分子和人民压制得太狠了。

我对刘宪平说，这些领袖，曾经缔造了一个庞大的苏维埃联邦，毕竟也给俄罗斯人带来了无数的光环和荣耀。刘宪平说，但他们并不这样认为，苏联曾经的辉煌，并没有带给苏联人民更多的福祉，人民生活并没有得到真正的改善。人民要的是实惠，而不是口号和光环。那个总编说得对，苏联人民实在太穷了，商场货架上始终空空如也，有时候连面包也吃不到。

我们几个还坐了一次莫斯科的地铁，到了地铁，才感觉地铁的情景才应该是真正的俄罗斯。在地铁上面，在莫斯科的大街上，在红场的大商场里，我们看到的都是宽广的马路，疾驶的豪华轿车，婀娜多姿的俄罗斯姑娘。特别是在莫斯科大商场的门口，始终都有一道亮丽的风景，就是每时每刻都会站着很多年轻的女孩子在那里吞云吐雾，大口大口地抽烟。这情景即使到了今天，还是让我感到百思不得其解。姑娘们太漂亮了，身材太优美了，衣服太华丽了，但抽烟的样子太让人惊诧了。如果不去俄罗斯地铁，我们印象中的莫斯科大概就是这些印象了。

只有我们到了地铁的时候，才算看到了一个真实的俄罗斯。莫斯科地铁闻名全球，不论是长度、宽度，还是深度，在全世界均排名第一，富丽堂皇，规模宏大，当年曾被喻为地下宫殿。但当我们进入地铁时，才发现地铁下面竟然有很多乞讨和摆摊的老人，他们面色憔悴，满脸皱褶，衣服也十分破旧。有些老人说是摆摊，其实也是一种变相的乞讨。手里拿着一把稀稀拉拉的花卉或者一沓报纸，颤巍巍地在你面前兜售，让你买它。地铁上下好多层，每一层都很宽大，车流也很快，尽管不是上下班高峰时段，但几乎一两分钟就一趟。地铁车厢里，十分拥挤，这才明白为什么莫斯科大街上的行人会那么稀少，原来普通的俄罗斯居民，出行都在地铁里。车厢里的俄罗斯人,都像看怪物一样看着我们几个中国人,他们大都衣着褴褛,眼神怪异,面色阴郁。我想,也许他们认为,中国的游客,不应该坐进他们的地铁里。当然,这样庞大的地铁网,也还都是苏联时期的遗产,不仅方便,票价也十分便宜。我们坐了一趟,只花了几十个卢布,而那时的几十个卢布,也就相当于我们的几毛钱。

我的那一箱子汾酒,最终都让瓦西里秘书长一个人喝了。他人很瘦,但酒量大得出奇。那天他请我们几个去他的"办公室"做客,居然什么菜也没有,就是几瓶子"伏特加"。对酒他倒是很大方,给我们每个人都倒了一大杯子。我尝了尝,没有什么感觉,大家都象征性地喝了几口,只有瓦西里一个人足足喝了一瓶子多。昌耀滴酒不沾,团长也喝得极少,他们剩下的酒都让瓦西里一个人喝了。作为回报,我把我的一箱子汾酒都留给瓦西里了。他当场打开,大大地喝了一杯,然后轻轻说了声"哈啰少",意思就是不错,还可以。真话假话,只有天知道。

晚上瓦西里还带我们上了一趟莫斯科大街,去了几个有名的场所。其中有一个大酒店,下面的几层,层层富丽堂皇,宽大排场,气势威严,肃穆庄重,相当于我们今天的大礼堂和会议中心。但当时几乎什么人也看不到,只有几个并不年轻的音乐家站在里面拉琴演奏。音乐声十分凄切缠绵,地下放着一个黑乎乎的盒子,里面放着零零碎碎的一些硬币。瓦西里说,现在俄罗斯的艺术家大都是这个样子,只有靠摆摊卖唱卖演奏,才能挣几个维持生活的费用。瓦西里还告诉我们,苏联解体了,这些原来十分热闹的地方,特别是一些经常开会的场所,一下子都冷清了。现在这些场所租不出去,也没钱改造,只能这样空着。

后来还去了一趟俄罗斯的露天超市,我们几个人每人花了几美元,买了一套俄罗斯最有名的工艺品:俄罗斯套娃。一个套一个,大的套小的,最多的可以套几十个,当然套得越多也越贵。套娃很好看，也很俄罗斯。我们几个唯有昌耀没买，他用他那个老旧黑白照相机，拍了很多照片，即使他最喜欢的套娃，几经踌躇，最终也没买一个。我买的那个套娃，至今还保存着，不褪色，始终很鲜艳。每次看到它时，总是止不住地就想起了当时的俄罗斯，也常常会突然想到昌耀，想起了他那张苍白的脸和消瘦的身板，想起了他的沉默和阴郁。

最后一个走访的地方，瓦西里带我们去了一趟刚刚改了名字的圣彼得堡，参观了普希金故居。在普希金故居，与当地作家会面时，诗人昌耀一改常态，当众用俄语背诵了一首普希金的诗歌《假如生活欺骗了你》。昌耀朗诵时声情并茂，完全处于一种忘我的状态和境界。说实话，昌耀的表现当时让我十分感动。眼前这个容光焕发的昌耀，也许才是那个真实的诗人昌耀。

说实话，莫斯科此行，除了黄传会、刘宪平、丁团长，印象最为深刻的就是昌耀了。昌耀在中国是一个著名的诗人,他的很多诗歌脍炙人口,在中国诗坛影响广泛。他平时不苟言笑,神情沉郁,很少与人交流。如果不是我们几个这几天整日厮守在一起,说话没有遮拦,举止也很随便,也许我们根本看不到这个诗人真实的一面。昌耀随身携带着一个古董一样的黑白照相机,还有一个长长的老大不小的支架。作为诗人,旅途中一旦见到美丽的风景或者有意境的场面,他都要把这些画面拍摄下来。昌耀拍照时,总要先做一番细心的准备。那时候用的都还是胶卷,胶卷在当时是很费钱的,一般人是做不了摄影师的。以昌耀当时的困窘拮据,他是十分节省的。拍摄时,对场景总是选了又选,看了又看,很长时间才会拍摄一张。他的照相机还有一个延时设置,有几次我们一起拍照留影,我们摆出姿势,站在那里好久好久了,他那个照相机才会吧嗒一声,算是拍照完毕,这情景总是把我们逗得哈哈大笑。每逢这个时候,昌耀也会很尴尬地笑一笑。在剧院观看舞剧时,昌耀突然止不住地干呕起来,我们几个问他怎么回事，是不是身体出问题了，他一直摇头不语，神色始终十分痛苦。等我们出了剧院，他才告诉我们，他座位前面的两个女人有狐臭，几乎能把他熏得晕过去。他这么一说，又把我们乐得要死。连丁团长也笑着说，昌耀诗人的嗅觉太敏感了，我们都没有感觉，就他一个人闻到了。昌耀是诗人，一路上也少不了诗歌的话题。途中我几次和黄传会争辩，当代诗歌究竟该不该押韵。每逢说到这个话题，黄传会总是一阵讥讽，什么年代了，还讲押韵，老掉牙的脑袋，太落伍了。我就当着昌耀的面使劲地追问，为什么中外经典诗歌都押韵，当代诗歌凭什么就不押韵？李白不押韵吗？普希金不押韵吗？大家都知道昌耀的诗歌也大都不押韵，所以我就故意问诗歌不押韵的美感到底在哪里，然后大家都跟着笑，昌耀也仍然是只笑不语。昌耀也知道我们不是诗人不写诗，瞎说八道他也不在乎，权当乐子。黄传会后来说，我们的莫斯科一行，大概把昌耀一辈子的欢乐都留在这里了。

和昌耀在一起，也会说到他个人的情况，二十几岁就开始发表作品，参加过抗美援朝志愿军，在战场上英勇作战，负伤后回国读书，他歌颂朝鲜人民访华团的处女作《你为什么这般倔强》，曾引起多方关注。1955年自愿报名到大西北拓荒，1957年被错划为"右派"，而后一直处于流放状态。"文革"后平反，仍坚持留在青海，在青海作协当文学编辑，而后从事专业写作。与我们一起走访俄罗斯时，他已经55周岁了。他这一生，真正是几经坎坷，大起大落。所以他的性格，他的内敛，他的寡言少语，包括他后期诗歌中的深沉和感伤，都与他多舛的人生相关。

连抗美援朝也算上，走访莫斯科，这是昌耀的第二次出国。

在莫斯科，有一次说到青海的经济和社会情况，他说他在大街上，亲眼看到一个监察大队的成员，把一个摆摊老人的鸡蛋篮子给踢飞了。讲到这里，他止不住地厉声喊了一声："那是盛鸡蛋的篮子，能踢吗!"

当时我们几个都被他的这一声怒喝惊得一愣。只见昌耀两眼发红，满脸愤懑，横眉冷目，声色俱厉，胸脯剧烈起伏，情绪久久不能平静。也许，这才是诗人真正的本色。

没想到回国一别竟成了我们的永诀，昌耀在2000年就因肺癌晚期去世了。他的死一如他的个性，他拒绝延续治疗拖累他人，纵身从三楼跳了下去……

距今几十年过去了，昌耀的很多诗歌我都记不起来了，但唯有他为摆摊老人的那句愤懑的呐喊，至今还记得清清楚楚，如在耳旁震颤：

"那是盛鸡蛋的篮子，能踢吗!"

老百姓让你心惊肉跳

——一次惊心动魄的亲身体验

说来惭愧,自己在作品中写过很多警察,但真正同警察打交道的情况好像一次也没有碰到过。书中有关警察的故事,几乎全都是采访来的。一直到了写《十面埋伏》时,才算正儿八经地同警察打过一回交道。

那是一次解救人质行动。因为我在采访时曾向他们夸过海口,下一次如果有什么惊险大案或者什么紧急任务,一定叫上我,也好让我见识见识体验体验。说者无意,听者有心,没想到那次解救行动他们真的叫上了我。

大概是觉得新奇,当时我想也没想一口就答应了。等到了车上,看到刑警队队员手里明晃晃的武器时,才渐渐意识到这可不是什么新鲜好玩的事情。出发时,局长给刑警队队长叮嘱了又叮嘱,让他们一定要保证我的人身安全。以防万一,还特意给我发了一件防弹背心。这东西厚厚硬硬的挺沉,可不像我们平时想的那么有诗意。

这是一次跨省区的行动,有两百公里之遥。

因为生意上的事情,外省的几个农民把市里的两个企业小老板一并抓了去。原来想私了,所以一直没有报案。等最后公安接到报案时,两个人已被抓走近二十天了。对方的口气和条件都很强硬,并且根本没意识到这是违法行为。虽然是山区,但那个村子并不小。当地派出所虽然接触过几次,但都因对抗情绪太强而毫无结果,当然还有别的原因。

上了车才知道这趟差事是件什么样的苦活儿。一个破破烂烂的没有牌照的面包车,里面挤进了十多个人。尤其让人感到恐怖的是,面包车里竟没有空调,而当时正是三伏天!

当离开柏油公路,一进了山区,这辆面包车的"优越性"便越发显现了出来。又颠又晃,还动不动熄火。后来可能是颠坏了,机油嘴出了毛病,车开上一阵子,便呼呼呼地直冒黑烟。一冒了黑烟,司机就得把车停下来鼓捣一阵子。结果三小时的路程,整整用了六个小时,等到了目的地时,已经是晚上十点多了。原计划要休息休息,随便找个饭馆吃点东西的,结果只能是啃面包、喝矿泉水了事。

说是解救人质,其实也很简单,就是要把那两个人,从农民关押他们的地方偷偷抢出来。

说起来简单,其实一点儿也不简单。听当地派出所的公安说,这两个被关押的人,让整个村里的人都恨透了。骗钱骗粮还骗人,老百姓的一点血汗钱全让他们给诈走了。上访打官司,整整两年了也没人管。实在没办法了,村民们才出此下策。他们的条件也就一个,把骗走的钱拿回来就放人。

究竟是真是假，都得先把人解救出来再说。本来是社会上惹出来的事，最终却只能公安来管。不管不行，家属报了案，媒体曝了光，领导下了命令，再说你是公安，能不管吗？这种事情到了别的部门大概都能找到退路，唯有到了公安这儿没有任何退路。养兵千日，用兵一时，眼下各种各样的是是非非，包括县委市委大院门口，一旦来了集体上访的、闹事的，如何平息，最终也都落到了公安头上。公安的这种活儿越来越多，在老百姓心目中的名声也只能越来越差。

当地派出所还算配合，来了两个人，大致说了说情况。两个人质都在一个菜窖里关着，白天把守得比晚上严。还有地窖的方位、把守的人数、人质的情况等，他们交代得也很详细。

还有一个情况也交代得很清楚，那就是整个村里对此事态度坚决，群情激愤，可以说是万众一心。一旦要是知道了有什么人想把这两个人质提走，如果不给个说法，他们一定誓死不从，决不答应。法不责众,老百姓肯定明白这个。还有一点,他们说了,这么做怨不得我们,是你们城里人先不守法。

当我们的车开到村口时,气氛顿时紧张了起来,从刑警队队长的脸上我们深感事态的严峻。如果说过去他们面对的是罪犯的话,今天面对的则是整村的老百姓。弄不好不要说救不出人质,只怕连我们这些人也都得做了人质。原来我还以为这个行动带这么多人没什么必要,现在看来,这点人实在太少太少了。

天气闷热得喘不过气来,身上的衣服全都被汗水湿透了。我们的车停在村口的一个麦场上,车里人多,却又不能开窗户,只能静静地闷在车里。车头对着大路,以便随时能快速撤离现场。那一天晚上因为太热,村民们也睡得很晚。十二点多了,村口还不时地有人走动。甚至有一群孩子,打打闹闹追着玩儿时,差一点撞到面包车这边来。

一直等到凌晨三点多,村里才算渐渐地安静

下来。

准备行动时,队长再一次发布命令,除了个别人外,一律不准带枪,带枪的人枪膛里一律不准上子弹。村民的安全和人质的安全要放在第一位,假如任何一个人的生命安全受到威胁,就立即放弃这次行动。尤其是不能让村民受伤,这是死命令,谁出了问题,就拿谁是问。

当然还有一个命令,那就是我不能随队进村,只能和司机在村外等候。

后来才听说,这次行动总的来说还比较顺利。那个关押人质的地方其实是个地窖,也就是从地面挖下去的窑洞。把守的人并不在现场,而是睡在另一个窑洞里。可能头几天村民还比较警惕,等到十几天过去了,也就麻痹大意起来。刑警队开始行动时,几个人竟然鼾声如雷,毫无知觉。最终之所以出了意外,就是谁也没想到在地窖口上的一个露天的麦秸堆上,竟然还躺着两个把守的村民。

等刑警队刚把人质带出窑洞,猛听得一声大喊,把所有的人都惊呆了。真的是惊呆了，因为根本没人会想到，在那个地方竟会突然站起两个人来。

正当他们被惊呆的时候，满院子的人突然又都被吓得一惊。只见这两个人动了一动，便发出一阵惊天动地的锣声！他们两个人一人一面锣，都在使劲地敲锣。

这一阵锣声一下子把满院子的刑警敲醒过来。一声令下，刑警们挟持着人质撒腿就跑。

刑警队队长后来告诉我说，那一阵锣声真把他吓坏了。哪一次任务也没有这次任务让他感到可怕，怕得他两腿直抖。他说那一阵阵锣声比机枪手榴弹的响声还让人感到恐怖！

这个刑警队队长身经百战，曾在枪林弹雨下抓获过无数罪犯。

我完全想象得出他当时的心情，他之所以怕，唯一的原因就是他面对的不是罪犯而是老百姓。

那天晚上，当我在村口的车上见到刑警队队员们时，整个村都已经沸腾了起来。村民们的行动快极了，几乎是一眨眼的工夫，队员们的背后就追来一大片人！

手电筒、马灯、火把，通红一片！

呐喊声、锣声、炮声，震天撼地！

最让人可怕的是居然还有人朝我们放土枪！

所幸的是，两个人质的情况很好，他们奔跑的速度比民警还快！

车子一边开动，队员们一边往车里钻。

等到面包车全速开动时，追来的村民离我们只剩几十米远！

等到大家的心情渐渐松下来时，没想到汽车后面猛然一片光亮，竟然一下子追来了十几辆摩托！坐在摩托车后座上的人，手里都拿着一把明晃晃的土枪！

越追越近，眼看着就要追上了，刑警队队长才发出命令，朝天射击。

我平生第一次在这么近距离听到枪声，那声音真正是夺人魂魄，触目惊心。

很管用,几分钟后,车后便陷入了一片黑暗之中。

天亮时,我们总算离开了山区颠簸的山路。

整整两个多小时,车上没人说一句话。

回来后,我大病一场。高烧不退,以致耳膜穿孔,住院将近二十天。

茅台酒的过去、当下和未来

"酒不醉人人自醉,花不迷人人自迷",这是一句大家都喜欢的诗句,但其实更有意思的是前两句。"茶亦醉人何须酒,书自香我何须花。""相知何须酒千樽,半卷古诗也醉人。"什么意思?就是说既然茶和书可以让我沉醉,那还要酒做什么?看来喝不喝酒,喝什么样的酒,都是人的自愿,与酒没有丝毫关系。越是好的酒,越是好酒之徒的想望。过去如此,今天一样如此。

来北京之前,对茅台并没有什么感觉,不就是一种地方名酒吗,山西就是汾酒,河南就是杜康，贵州就是茅台，有区别吗？汾酒的地盘是山西，洋河的地盘是安徽，茅台的地盘就是贵州。但到了北京，发现这个概念是错的，茅台的地盘竟然在北京！

北京的酒桌，没有茅台就不算上等酒桌。北京的请客，没有茅台就不算诚心请客。原来茅台的贵，贵在这里。没别的，就是因为它的地盘在北京。

茅台的地盘之所以能在北京，曾有各种各样的说法。最权威的一种说法，当年红军长征时，曾路过茅台镇休整过一段时间。长征再出发时，所在部队也都带走了一些茅台镇的酒。随后长征时伤口的消毒，临时的防寒，战斗前后的动员和庆功，用的都是茅台镇的酒。那时候当然还没有今天这样的茅台酒，但茅台酒的味道在这些共和国建国功臣的心里留下了持续而永久的记忆。于是，茅台酒成为国酒，也就成为必然。北京是共和国首都，茅台酒的地盘当然只能是在北京。

物因人而异，酒因地而尊。

以前在山西喝茅台,有各种各样的感觉。

到了北京才渐渐明白,以前在山西喝的茅台,是各种各样的茅台。真茅台的口味,到了北京才慢慢有点感觉。因为只有在北京的酒桌上,才有人会说,这个是茅台镇的茅台,这个是茅台酒厂的茅台。真茅台假茅台,在北京的酒桌上才能分清,才有人敢说出来。假茅台在北京没有市场,拿假茅台招待客人,在北京的酒桌上是很丢脸也很丢身份的事情。

足见北京对茅台的嗜爱和认真。

我曾经在一个上世纪八十年代做过厅局的领导家里参观过他的一个酒窖,那天喝的是真茅台,但让我至今惊诧不已的是,他的酒窖里竟然储存着数万瓶茅台!而且是各种各样的茅台,足有数百种之多。只八十年代的茅台,就有数百瓶之多。这些茅台品种、数量和酒的年份,足以让他进入亿万富翁的行列。他很低调地让我们参观他的酒窖,并且十分专业地给我们介绍着每一类茅台的特色和品质。我们实在不好意思询问他的这些茅台酒都是怎么来的，当然那时的茅台很便宜，但那时的工资也很低很低。他能存储这么多的茅台酒，仅凭他的工资绝无可能。因为我们已经知道，他不是企业家，也没做过个体户，一辈子从政，直至退休。

只有一条可以解释，他是一个喜欢储存收集茅台酒的领导，日积月累，就让他有了这么多茅台酒。可能他也不会想到，当初几块钱一瓶的茅台酒，现在能涨到几千块。如果你那时存了一箱茅台酒，现在还留着，那这种年份的茅台酒起码得数万元，那时候的几十块钱，现在就变成了几十万。你如果存了十箱，现在就变成了几百万。你如果存一百箱，那你现在就是地地道道、货真价实的千万亿万富翁。

这算是腐败吗？或者只算是一种灰色的收入？

由此我想到了部队里被抓起来的一头"老虎"，居然从他的家里搜出来几千瓶茅台。当时有老百姓骂街，这些狗日的要那么多酒干什么，就不怕喝死自己！其实现在想想，存茅台，比存钱更合算。八十年代在银行存几百元，做梦也涨不到现在的几百万。

突然意识到，奇货可居，原来市面上如此紧俏的茅台酒，都被一些人当作超级商品储存起来了。如今在茅台酒厂和茅台营销专卖店能买到市场价的人，已经算是十分有能耐的人了。只按这个价格，谁能说清十年二十年后，茅台的价格又能翻几番？

茅台酒厂如今满负荷运转，年产量也就是三万多吨，但据统计，每年实际卖出去的"茅台酒"估计有五十多万吨，甚至更多。所以要想喝到正宗的茅台酒，是多么不容易的一桩事情。酒桌上能喝到醇正的茅台，请客的人很荣耀，被请的人也同样脸上有光。如果还能喝到八十年代，九十年代，甚至七十年代，六十年代的茅台，那几乎就是神一级的人物了。

几十年来，北京对茅台的痴迷几乎到了让人不可思议的地步。在酒桌上就有人说了，在北京吃饭，即使你拿出五十年的西凤酒招待客人，也有人会说，五十年的西凤也是西凤，一年的茅台也是茅台。意思就是，其他酒再好也是其他酒，统统无法与茅台酒相提并论。随之有关茅台酒的各种神奇故事也应运而生，"喝茅台壮阳""喝茅台抗癌""喝茅台长寿"，似乎人生最美好最期待的事情，全部在茅台酒中实现了。

那些年，能喝得起茅台的几乎天天能喝到茅台，喝不起的只能天天在骂茅台。

八项规定推出以后，茅台酒曾有一段时间销量大跌，据说茅台酒2013、2014、2015年的出厂价都曾大幅下跌。于是有人就说了，那几年的茅台酒，基本都是真的，而且成色品质都要比其他年份的茅台酒好许多。

蹊跷的是，就下滑了那么几年，茅台酒突然一改颓势，像是被压抑了一下，而后便大肆反弹，几年后价格竟然翻了一两番。什么原因，众说纷纭。

为何下跌又猛涨,其中见解最集中最一致的一点,就是市场效应。房价被抑制,银行低利率,股市无钱赚,企业无效益,金价一直跌,于是老百姓手里多余的钱怎么办?还是那句老话,存钱不如存实物。正好那会儿茅台假酒不多,真酒不费什么周折便可轻易买到。白酒在中国又是个奇特的品种,时间越久越金贵越值钱。于是,茅台酒变成了老百姓和商人们一致的选择。

当一种商品兼具多种价值时,涨价是必然的。于是茅台酒便从当时的一千元不到,几年时间一下子猛涨到了今天的三千元左右。在一些酒店里,2013、2014、2015年份的茅台酒,居然标价五千元。

这一波的茅台酒涨价,与腐败似乎关系不大。党纪已经明确规定,茅台酒是奢侈品,喝茅台在任何时候,任何场合都是严重的违纪行为。尽管要清除这类行为仍然任重道远,但至少可以肯定的是,在所有的政府接待酒类中,茅台酒是绝对不会出现的。部队的禁酒令更是严厉，每天二十四小时禁酒无死角，即使是在家里，也不能喝酒，更不用说喝茅台、汾酒、五粮液了。

对茅台的涨价，我也认可大家共同的看法。作为一种商品，它的商品属性肯定是明摆着的，也是所有的人都能看得到的。买茅台存茅台，胜似银行存钱，也强于在企业股市投资，比买房更保险，比存黄金更有利也更牢靠。何况茅台酒产量的增加，永远也跟不上市场的需求。这样的投资价值，谁会意识不到？再加上强力反腐让大家进一步认可了市场效益。干干净净做人，实实在在做事，规规矩矩赚钱，除了尊重市场，尊重公平，没有其他道路可走。老百姓从憎恶茅台到争存茅台，实际上是一个在人际关系上的全新变化。

这两年，茅台好像又开始全线降价，据说是因为现在的年轻人都不喜欢白酒了，茅台一类的高档白酒似乎已经远离了他们的视野。当下的八〇后、九〇后们开始向往的都是威士忌、香槟一类的洋酒。据说最贵的威士忌一瓶居然能卖到几万、几十万，甚至几百万。据说也只是据说，到底有多贵多么好喝，年轻人到底有多么向往，我们也无从考证无从体验。

不过这样的变化我倒觉得应该是好事。对此，茅台酒厂的领导们也用不着提心吊胆，更不用遮遮掩掩。作为中国第一大酒厂的老板们只需要做一件事，那就是收回所有的特殊照顾和特殊权力，杜绝双轨制，取缔出厂价，砍掉那些大大小小的必配指标，把所有的茅台酒都公平公正地交给市场。真正让市场定价，让人民监督。

当然这个不容易，很难，很难。但长痛不如短痛，只有痛下决心，才会有一个稳定的市场和清白的营销环境。只有建立一个公平的市场，才会铲除各种各样的灰色渠道。也只有这样，这个茅台酒厂的董事长才会当得腰杆挺直，堂堂正正。我们的国酒才会真正成为全体国民的骄傲和自豪。

以此祝福茅台,祝福国酒,祝福中国的白酒市场。

跌跌撞撞,起起伏伏,茅台酒的路一定还很长很长。

鸟巢、鸟蛋和幸福感

小时候被我们发现的鸟巢,是我们这些农村孩子少有的兴奋点和极其稀缺的期盼之一。

不管是树上、崖壁上,还是山岭上、草窝里,或者是田野间、庄稼地里,鸟巢一旦被发现,立刻就会成为我们不顾一切都要获取的目标。曾有一次,我们一个大人,三个孩子,人踩人,叠罗汉,才把山崖上的一个鸟巢给掏下来。

掏鸟巢的主要目的就是掏鸟蛋。

不管是什么样的鸟蛋,花的,青的,粉红的,淡紫的,灰乎乎的,各种各样颜色的鸟蛋,一旦拿到手，立刻都会成为我们的美食。

不论是生吃，还是煮熟了烤熟了吃，大家都会吃得毫无顾忌，津津有味。

到底有多好吃，现在根本记不清了。曾经有一次，我们掏出来的鸟蛋，可能被孵了好多天了，蛋壳里面蛋清蛋黄已经完全成了鲜红鲜红的颜色。我们小孩们都不敢吃，但旁边的那个大人看了看，说这样的鸟蛋有营养，大补，于是当着我们的面，一口一个，一共六个鸟蛋，一口气全喝了下去。看得我们目瞪口呆，啧啧称奇。后来再见到这样带血丝的鸟蛋，我们也学样一口一个吞了下去。凉凉的，腥腥的，柔柔的，滑溜溜的，并没有感到有什么特别异常的味道。

我们小时候还吃过烧烤过的屎壳郎，大人说，尖顶的屎壳郎肉可以医治小孩的很多病，消食，去火，调理肠胃。后来长大了，又有人给了我一只刚刚烧烤过的屎壳郎，剥开黑乎乎的硬壳，在中间部位，有那么一小块肉，灰灰的，我大着胆子尝了一口，一股刺鼻的味道顿时就把我呛坏了，吐了好半天，又好几次漱口，那股浓浓的味道好像还一直留在嘴里。现在一想起来，还是止不住地反胃，真不明白小时候是怎么把这样的东西吃下去的。

小时候我还见过一群孩子和大人，挤在一起争先恐后地吃那种米猪肉，也就是那种得了绦虫病的死猪肉，肉上面密密麻麻长满了米粒一样大小的绦虫卵。等到煮熟了，捞出来往木板上一放，你切一块，他切一块，拿在手里用力甩一甩，把米粒一样的绦虫卵甩掉，再用手把那些没有甩干净的虫卵一个个抠掉，然后也不看抠干净了没有，便大快朵颐地吃了起来。其中有一个人看我不敢下手，一边吃一边对我说，快吃啊，啥事也没有，这东西都熟透了，哪还有活的，好香，太好吃了，再不吃就没了。今天回想起当时的情景，依旧觉得毛骨悚然。

那时候可能太饿了，可吃的东西也太少了，大人包括孩子们平时大都吃不到什么有营养的东西，

鸟巢、鸟蛋和幸福感

所以见什么就吃什么,只要觉得能吃,就一股脑儿地往嘴里塞。蝼蛄、麻雀、蜥蜴,刚生下来没多久的死猪崽,都烤过吃过。像今天的鸡蛋、鸭蛋、鹅蛋、鹌鹑蛋,还有各种各样肉食,在我们的那个年代,都是十分稀缺的东西。只有在逢年过节的时候,才能吃到一些。即使在改革开放几年以后,生活条件的改善还远远到不了今天这个水平。我在省文联工作的时候,过年时,我的孩子和邻居的一个孩子玩儿,刚过了下午四点,那个孩子就急匆匆回去了,他十分自豪地对我孩子说,今天我家煮鸡吃,我要提前回家吃鸡肉。

现在看到有一些人在网上说,那时候虽然缺吃少穿,但人人都觉得有幸福感。我不知道说这话的人有多大年纪了,以前和现在都是干什么工作的,我也无从反驳这样的说法。我们小时候的掏鸟窝,吃鸟蛋,还有那种屎壳郎和绦虫猪肉,今天回想起来,不知道在当时算不算也是一种幸福感。

因为小时候掏鸟窝吃鸟蛋的经历太多了，印象太深刻了，所以现在一看到树上的鸟巢，依然还会有一种莫名的兴奋、激动和惊奇。

在太原省文联工作的时候，经常乘坐长途大巴去北京改稿或者开会、搞活动。那时候还没有现在的高铁和动车，因为长途汽车班次多，差不多每半小时一趟，也不是那样守时准点，所以去北京就常常选择乘坐这样的长途大巴。太原汽车站到北京丽泽桥汽车站，如果不堵车，没有意外，一般需要五六个小时。

坐在这样的车里，两边的风景一览无余。尤其是坐在窗口处，视野开阔，一望无际，山光水色，尽收眼底。春天的杏花，夏天的麦田，秋天的谷穗，冬天的白雪，还有蒙蒙的细雨，沉沉的浓雾，呼啸的狂风，乌云中的闪电和炸雷，令人骋怀游目，诗情满怀。那时候还没有手机，车上看书又太摇晃，于是除了睡觉，看风景就成了坐汽车唯一的享受和乐趣。

鸟巢、鸟蛋和幸福感

记不清哪一次了,也许是因为少时的经历,公路两旁大树上一闪而过的鸟巢突然触发了我的关注和兴趣。

八十年代,那会儿还没有现在这样的高速公路,公路两旁的大树也没有现在这样密集繁茂,也不像现在这样粗壮高大。那时候汽车公路两旁的树木,总是东一棵,西一棵,大都长得歪歪扭扭,不整齐也不成材。因为在贫穷的年代,长在公路两旁成材的树木,很容易成为盗伐的目标。偶尔有那么几棵树木,不是树身有毛病,或者就纯属无用之木。在这样的树上,能有鸟巢,几乎没有可能。因为那时候,到处都一样,这些低矮树上的鸟巢,很可能都会成为孩子们猎取的目标。所以当时能在公路两旁的树上发现鸟巢,绝对是个令人惊奇的稀罕之物。

公路两旁的树上,怎么会有鸟巢,难道就不怕被孩子们掏走吗?这是我看到鸟巢时的第一个感觉。路旁的鸟巢有大有小,有远有近,特别是看到那些在低矮的树上筑成的鸟巢时,常常立刻就会感觉这些鸟巢很快就可能被孩子们把鸟蛋掏走。

那时候生活条件已经好多了,尤其是在农村,吃不饱的日子已经过去了,所以鸟蛋这样的东西,也应该不再是让孩子们两眼发光的美食了,公路两旁树上的鸟巢才能留存下来。

记不清是哪一年哪一次坐大巴去北京,第一次对看到的鸟巢开始计数。

《法撼汾西》和《天网》两部作品出版的那个时候,因为有人对号告状,心里感觉不踏实,坐在车里,胡思乱想,心里默默许愿,如果能在路旁的树上数到一百个鸟巢,也许就会逢凶化吉,就会事事如意有好运。

那一次记得很清楚,从太原开始,一直数到北京丽泽桥,几乎一个不落,一共数了八十二个鸟巢,没有数到一百。

可能是心理感应,也可能是真的碰巧了,那一次得到的消息果然很不好,对方确实已经正式起诉，把我和出版社一起告到了丰台法院。

打官司的第二年，那一次坐大巴去北京，大概是因为数得认真，一路上居然数到了一百三十一个鸟巢。

连我自己也意想不到，到了北京，果然就得到了诉讼请求被驳回的好消息。责编告诉我，这是在很多年里，作家打官司的第一次胜诉。

自那以后，几乎就是条件反射，每一次坐在大巴上，第一件必做的事，就是数公路两旁树上的鸟巢，希望能给自己带来好运。

从一百数到两百，从两百数到了五百。

《抉择》出版的时候，已经数到了一千。

《十面埋伏》出版的时候，居然数到了两千多。

再后来，有了飞机，有了动车，有了高铁，就很少坐大巴了。

在省政府工作时，有一次北京紧急开会，坐着小轿车赶了一趟北京。因为是小轿车，视野远不如大巴，即使如此，那一次仍然数到了三千多个鸟巢。

再后来,举家迁至北京,完全成了北京市民,回太原的长途大巴几乎很少再坐了。

前年夏天,因为一个特殊情况,从太原回京,又坐了一次长途大巴。大巴越来越豪华,但坐大巴的旅客还是越来越少。那一次回京,车上只坐了一半的位置。

坐在车上,突然又想起了高速路两边的鸟巢,不由自主地又数了起来,结果只从太原到石家庄,鸟巢数就数到了一万多。

从石家庄到北京,我没有再数。太多了,大路两旁茂密高大,成片成林的树木,树上密密麻麻的鸟巢,根本数不过来了。

我默默地想,太原到北京,路旁鸟巢的数量,从全程八十多,到半程一万多,恰好用了四十年的时间。

几乎就是改革开放以来这几十年的时间。

悄无声息的变化,是如此的巨大和令人由衷的感叹。

　　几年前，北京一个大学生因为掏鸟窝被判刑的消息，在各类媒体上引发了巨大的争议和激烈的评判。时至今日，仍然还会被提起。

　　让我唯一感到欣慰的是，那个被判刑的孩子，不是因为吃了鸟蛋而被判刑，而是因为掏鸟蛋孵幼鸟，贩卖幼鸟而被判刑。其中最重要的一点，被贩卖的幼鸟是稀有鸟类，属于国家级保护动物。

　　每逢看到这类消息，我不禁常常会联想我小的时候，在那个年月里，我们曾吃了那么多的鸟蛋，甚至连带血丝的鸟蛋也让我们一个一个地生吞了，也不知那些鸟蛋的父母，是不是都是属于国家级保护动物，如果放在今天，这算不算也是重罪，也得重判重罚。

　　那时候别说城里，别说大路两旁了，就是在乡下，在农村，在偏远的山岭上，在无际的田野里，在陡峭的悬崖上，在半山腰的草丛里，也很少能看到裸露的鸟巢。

而如今,鸟巢早已从农村开始包围城市,我住的小区里的树上,几乎到处都有了鸟巢。有的鸟类甚至把自己的鸟巢建在了住户的窗户上,空调机的架子上。

每逢在网上看到一些人的评论留言,说那时候没有吃没有穿,但大家都活得很有尊严,很有幸福感,我立刻就会屏声敛息,一个人僵坐在那里,好久好久说不出话来。

每每看到这些文字,就会联想到小时候的自己,我们那时候真的有幸福感吗?也许,当我们突然发现了一个有鸟蛋的鸟巢时,那种惊喜,那种疯狂,那种兴高采烈,是不是也确实应该属于一种突如其来的幸福感?

再联想到那个被判刑坐牢的大学生,我曾经调查过,服刑人员在服刑期间完全可以吃饱,还常常能吃到肉和鸡蛋,营养一点儿也不差。

比起我们小时候那会儿,我想,这个被判刑坐牢的大学生是不是也应该有一种幸福感?

那些被我们吃掉的鸟蛋呢?如果它们被孵化出来,等到它们生儿育女,连个平平安安筑窝生蛋的地方也找不到,动不动就被人类掏了鸟蛋吃,对它们这些鸟蛋来说,一出生就被吃掉,一开始就没了这种终生的不幸和时时处处被惊吓的鸟生活,是不是也应该有一种幸福感?

我很惊讶我为什么常常会有这样的想法。究竟是看到的这些文字太荒诞了,还是自己衍生的感觉太荒诞了?

这两年,在这个社会的现实中,感觉有些人,有些事,有些言论确实越来越荒诞,越来越不可理喻了。

荒诞得甚至比荒诞小说还更荒诞,更让人无语。而且越是荒诞越是有光有彩,越是荒诞越是理直气壮,越是荒诞越是横行无忌。

人无荣辱,何以立言。

人无是非,何以为人。

看着大街上年幼的孩子们，看着院子里喳喳鸣叫的鸟类，看着树上那些硕大的鸟巢，我常常在默默地祈祷，愿上苍保佑，那些年月，那些事，那些人，还有那样的幸福感，永远也不要再回来。永远。

天佑中国，永远，永远。

如果你输了，我和你一起坐被告席

一眨眼之间，翟泰丰老师去世已经有五个年头了。

当听到翟老去世的消息，第一时间赶到翟老家里时，翟老的遗体已经在医院里了。也许是新冠疫情的原因，家里十分清静，只有翟老的妻子韩寒老师一人在家。

翟老家里没有设灵堂。

墙上只有翟老微笑着的一张大照片。

大厅的茶几上，醒目地放着翟老几年前就写出来的一个遗嘱：

不插管,不切喉,不设灵堂,不开追悼会,不搞遗体告别。

字体工整,端庄,一看就是翟老的笔迹,也肯定就是翟老的口气。

韩寒老师一脸悲伤地给我们讲,这两天翟老的情绪就很不稳定,常常会莫名其妙地对一些事情发火,很久很久不能平息。上午十点左右吧,好像突然被什么呛住了,一阵阵剧烈不止的咳嗽,让老人脸色发紫,呼吸越来越急促,很快便陷入窒息状态。这种情况从来没发生过,所以让慌乱无措的韩寒老师一时不知如何应付,只能立刻拨打120呼叫救护车,等到救护车到来时,翟老几乎已经没有生命体征了。

翟老的去世,主要就是因为急性过敏性严重呼吸道痉挛综合并发症。

其实翟老的身体一直非常硬朗。就在几天前,我们还通过电话，对我新出版的作品《重新生活》提了很多意见。年前见到他时，甚至对我说，张平啊，等我到了九十岁，你一定把周梅森、黄传会、王兴东、关仁山、李兰妮他们几个叫过来，给我过个生日，咱们一起好好聚聚。

翟老说这话的时候，突然让我感到一阵悲凉，这并不像是翟老的性格。

第一次见到翟泰丰老师的时候，他是分管文艺的中宣部副部长。

见面是在他的办公室，同去的还有女导演斗琪。

那时候我的两个长篇《法撼汾西》和《天网》相继出版，作品的反响完全出乎我的意料，当时这两部作品有上百家报纸连载，数十家电台连播。发行量很大的报纸《南方周末》，每期整版连载，史无前例。每天早晚，都会有无数读者来信像雪片一样向我飞来。

但这两部作品也给我带来了一场旷日持久的

官司。

242名干部联名写信,8名原告上诉,北京丰台法院受理了这场官司。开庭时,四十多家媒体现场直播。

审判员一见面就对我毫不掩饰地说,这场官司你肯定输了,你在书里抨击的是他们这些干部,在书里说老百姓骂他们是贪官,是畜生,比地主恶霸还不如,这你拿不出任何证据,拿不出证据,就是对人家名誉的侵害。只要对上号,你必输无疑。他们欺负老百姓,老百姓可以起诉他们,现在人家告你,与老百姓没有任何关系。法律就是讲证据,同情并不等于你不会输。

二十多年后,时任我们省新华分社的社长才给我说,你当时的胆子也忒大了,你知道你得罪的都是些什么人吗?知道我们当时最担心的是什么吗?最担心的是你哪一天掉进深沟里,在大街上被汽车给撞了,半夜里让人给捅一刀……

今天想来,当时自己二十来岁,血气方刚,初生牛犊不怕虎，确实是不知天高地厚。

那时候，《法撼汾西》和《天网》的影视剧都已经开拍，《天网》电视剧的导演就是斗琪。因为这场官司，已经杀青的20集《天网》电视剧能否播出，成了导演最为担心的事情。

谢铁骊导演的电影《天网》在拍摄中，接到无数次恐吓电话，甚至要让导演吃枪子。谢铁骊导演那时是全国人大常委，都受到了这样的威胁，可见当时事态的严重性非比寻常。

谢铁骊导演甚至告诉我说，如果这个影片无法公映，那他也认了，他相信将来会有公映的一天。

因为只要我输了这场官司，这两部作品包括以此改编的影视剧，结局可想而知。

我当时也以为这场官司肯定输了，对方要求的精神赔偿费是二十万元，而我当时这两部书的所有稿费加起来也就两万多元。如果输了，估计这笔钱极有可能让我负债破产。

所以当斗琪导演联系好当时的翟泰丰副部长见

面时，我忐忑不安，万分紧张的心情也可想而知。

见面的时间其实很短，总共就是十来分钟。

翟部长第一次留给我的印象，就是笑容，满脸的笑容，亲切、柔和、爽朗的笑容，让你一下子就放松了的那种笑容。

浓眉大眼，显得十分精神。个子不高，但显得非常结实。嗓音清亮，磁性十足。手掌很大，很有力，握得很紧，一边摇一边故意用山西话说，你就是张平？你这回捅的娄子够大的啊，两百多个干部告你的状，本事够大的。

我很尴尬地笑着，根本不知道该怎么回答。

接下来翟部长就开始与斗琪导演谈电视剧的事情，说电视剧他看过了，看了整整三个晚上。一句话，很好！老百姓就是我们的衣食父母，谁欺负老百姓，真正的共产党人决不答应！

说到后来，翟部长转过头来，突然正言厉色地对我说，张平，这场官司如果你输了，我和你一起坐被告席!

一句话说得我两眼发麻,浑身发僵,痴愣愣地坐在那里,好久也没动一动。

振聋发聩,动人心魄,激动万分,犹如石破天惊!

几十年后,一直到今天,一想到翟泰丰老师,耳边就会响起这句话。

我和周梅森、黄传会几个作家曾多次议论过,看法也完全一致,翟泰丰是一位真正的名副其实的共产党人。

他在解放石家庄攻城战中受过伤,是直接从战场上抬下来的。我在长篇小说《国家干部》的自序中,就用过翟泰丰老师的原话。他说,那时候部队的指战员,什么排长连长的,都是在火线上提拔起来的。一旦提拔你当了排长连长,就等于把脑袋系在了裤袋上,冲锋陷阵,最先牺牲的都是一线干部,都是共产党员。

我认真看过他的长诗《三十年春秋赋》，诗里的那种火一般的激情，俯瞰一切的眼光，汹涌澎湃的气势，广袤无垠的胸襟，如果没有真情，没有忠贞，没有深爱，没有甘愿牺牲和献身精神，是根本写不出来的。

有些人私下认为翟泰丰老师在思想和意识形态方面有些偏激，但我从来没有感觉到他有什么偏激。看看他在作家队伍里面交往的朋友，你就知道他的胸襟十分宽阔，认知和交往没有任何界限。我亲眼见过他和各类作家一起十分仔细、十分认真，就像谈心一样商量着对小说的看法和意见。所谓的偏激，可能就是因为翟老从不演掩饰自己的观点，喜欢就喜欢，不喜欢就说不喜欢，但并不因为不喜欢而否定你的作品。比如对周梅森小说的剧本改编，赞同的就表示赞同，不赞同的地方就明明白白地表示不赞同。为了剧本能通过，他甚至亲自去找广电总局的有关领导，一遍一遍地给他们表达自己的观点和意见，耐心地同他们讨论和解释。周梅森曾多次说过，没有翟泰丰老师的力荐和支持，他的几部电视剧，像《绝对权力》《中国制造》，包括后来的《人民的名义》，很难能获得顺利通过。

翟老一直认为，冲突越是激烈，越是能显示出我们党反腐的力度和决心，没有矛盾就不会有故事，没有故事就不会有影响力，我们的反腐是在党领导下的反腐，我们的打黑是在人民支持下的打黑，没有什么是不可以的，也没有什么是可担心的。

这个观点，即使放到今天，对现实题材的文艺创作，也有着重要的思想意义和认知价值。

与翟泰丰老师十分要好，说话没大没小，可以开任何玩笑的作家，可以列出上百个。我曾在作协见过他好几次对作协部门的领导和他的部下发脾气，雷霆震怒，毫不留情，十分严厉。但从来没见过他对任何一个作家发过脾气，即使是提意见的时候，也始终和蔼亲切，满面笑容。

那一年他曾力荐张贤亮任中国作协副主席，但因为一桩偶发事件，最终没有在上面通过。后来翟老因病住院，张贤亮来看望翟老，当时我也在场，他们两个说了很多我想都没想到过的玩笑话。翟老一见了张贤亮就连声叹息说道，你看你看，本来好好的，怎么会这样？张贤亮则俏皮话连篇，哈哈大笑，也连说你看你看，我有了事，我身体这么好，该吃吃，该喝喝，结果把你弄得住了院，还得让我来看望你，你说你这犯得着吗？翟老则合着眼，一直十分惋惜地说，可惜了，太可惜了……

有一次冯骥才和几个作家一起到翟老家，翟老当时很慷慨地说，你们来了，我给你们准备了几样小礼物，都在柜子上摆着，你们自己挑吧。冯骥才是个文物专家，在柜子上瞅了半天，拿走了一件小玉佩。翟老当时一看，说那个东西可不能拿啊。冯骥才则乐呵呵地说，您老说话不能不算数啊，最后坚持给拿走了。后来冯骥才给好几个人说，那一次可把翟泰丰心疼坏了。我曾经问过翟老，有没有这回事？翟老有些自嘲地微微一笑，可不是，冯骥才那小子识货,眼睛毒得很。

贾平凹的书法,翟老十分喜欢,那年政协开会,晚上翟老叫贾平凹写字,在现场翟老亲自给贾平凹铺纸压纸,忙前忙后。然后在一旁一边看着贾平凹写,一边频频点头,那样子就像一个小学生。其实翟老的绘画和书法,我始终认为是上乘的,非常有品位的,他的小楷,工工整整,书写过无数本。包括他的绘画,连冯骥才、韩美林、何家英这些大师级的画家,也觉得很有特色,交口称赞。

他说作协就是为作家服务的,绝不是做官当老爷的地方。想在作协当官,趁早别来,只要我在,这一关他就过不了。

他任中国作协党组书记时,第一届中国作协中青年作家班开办,大家笑称"黄埔一期"。里面的作家有近五十位,基本都是当时的一线作家,根本不存在什么条条框框的说法。紧接着的二期三期,也完全一样。当时在作家班学习的时候,大家讨论学习的范围和领域五花八门,大家都可以深入探讨和踊跃发言。

这也极大地促进了当时文学创作的健康发展，也让很多作家坚定了自己的创作道路，创作出了很多脍炙人口的优秀作品。

我当时创作的《国家干部》，还有发行量近百万册的《十面埋伏》，就是在那个学习班之后创作出来的。

我的长篇小说《抉择》出版之后，先后遇到很多很大的争议。先后有上百家报纸连载，上百家电台连播，但越是有影响，争议也越强烈。

第一个争议就是在《抉择》中提到了腐败，甚至还提到了集体腐败，《天网》出版的时候，文艺作品里面是不能提"腐败"两个字的。当时争议的最大焦点就是，我们党怎么会有腐败？腐败是旧社会，国民党，腐朽势力才会有的现象，绝不会在共产党内产生。《抉择》出版的时候，文艺作品里面可以提及腐败了，但集体腐败则是绝不能提到的。

集体腐败不等于说我们党大面积出现问题了?这怎么可能?

所以当时《抉择》的电视剧都已经开拍,最终都播出了,连李雪健、李幼斌因出演《抉择》电视剧都被评为当年最受欢迎的优秀演员,《抉择》也被评为当年最受欢迎的电视剧时,关于将《抉择》拍摄为电影的申请仍然一直没有审批下来。

翟老得到这个消息时,他其实比我还要着急。

直到后来,我才得到消息,是翟泰丰老师亲自给上海当时分管宣传的市委副书记龚学平和宣传部长金炳华讲了《抉择》这部小说的有关情况,最重要的是,翟老旗帜鲜明地讲述了自己的观点,认为这是一部现实题材的好作品,他们一定看看,并希望上影厂能努力争取把它拍成电影搬上银屏。

当时金炳华部长正好在北京开会,连着两个晚上看完了这部作品。金炳华部长当时非常激动,认为这部小说确实是一部难得的好作品,然后跑遍了北京的几个新华书店,把所有的《抉择》都买了下来，一起带回了上海。龚学平也一样，看了这部作品，他们商量后，立刻拍板，指示上影厂着手把这部小说拍成电影。当时上影厂的厂长给龚学平汇报说，这部小说国家电影局还没有开口子，如果我们投资拍成电影，能不能上映，可是个问题。龚学平当时回答说，能不能上映，是我们的事；能不能拍成电影，能不能拍成好电影，是你们的事；至于经费，也不是你们考虑的事。你们只管拍就是了，其他什么也不用管。

关于这些情况，那时候我几乎一无所知，什么内情也不知道，翟老也从未给我说过这些情况，我当时唯一知道的事情，就是《抉择》暂时还不能改编成电影。

所以当上影厂的编辑来找我的时候，我感觉十分突兀，甚至有些惊讶。有关《抉择》的情况，他们应该是知道的，为什么此时坚持要来买《抉择》的电影版权？

我当时给编辑实话实说，这部小说上面暂时还不让拍电影,北影批不了,你们上影厂估计也一样批不了。而且电视剧也已经播出了,你们再拍电影,将来到底还有没有票房,你们可要想好了。编辑的态度很坚决,这个你不用管,能不能拍出来,是我们的事,现在就问你的电影版权还在不在,我们还能不能拿到,版权费你说,到底要多少钱?

我想也没想,说随便,你们愿意给多少就给多少。

最终五万块钱成交。

一年后,《抉择》同名电影横空出世,票房1.4亿,仅次于当年的美国大片《坦泰尼克号》。当时的票价只有三五块钱,集体票只有一块钱。

中纪委、中组部、中宣部六部委同时下文,要求全体党员和干部观看这部电影,可以用党费观看这部电影,并要求副处级以上干部,携带自己的配偶一起观看这部电影。没有别的原因,因为这是建国几十年来,第一部反腐倡廉的电影。

这部电影还斩获当年的华表奖、百花奖,

"五个一工程"特别奖。

《抉择》这部小说后来获得当年第五届茅盾文学奖。一直到今天还有人说,《抉择》的茅盾文学奖,是翟泰丰书记坚决支持的结果。很多年了,当年的很多评委都给我讲了当时的评奖过程,争议确实很大,很多评委在现场就争论了起来,但他们当时从来没有得到过什么"内部"指示或暗示。

我打心底里非常感谢当年的评委们,是他们的力争和力挺,让《抉择》这部小说最终获得了茅盾文学奖。

但我十分清楚,如果没有当年的电影《抉择》的影响,小说《抉择》的获奖一定会更加艰难。

我一直认为,从来也不否认,心里也十分明白,没有翟泰丰,没有金炳华,没有龚学平,没有上影厂,没有电影《抉择》,也就不会有后来小说《抉择》的茅盾文学奖。

再往上说一步,如果没有当年《天网》的胜诉,也就不会有后来的《抉择》。

没有《抉择》，我很可能会走向另一条创作道路。

周梅森的电视剧剧本《人民的名义》，翟泰丰是总顾问。前前后后开过无数次研讨会，后来周梅森还专门请翟泰丰老师给剧组的主创人员讲过一次政府职能和党纪课。最后一次《人民的名义》的研讨会在高检召开时，周梅森以剧组名义给了翟老一万块钱。这一万块钱包括研讨会，包括顾问费，包括审核剧本费，但结果当场就让翟老给退了回来。周梅森对我说，你说怎么办，翟部长从来都这样，什么也不要。请他吃个饭吧，现在他连酒也不喝，你说让我们到底该怎么感谢他？

那年《天网》的官司最终是诉讼驳回，在当时所有的作家里面，这算是第一回胜诉。《法撼汾西》《天网》的责编易孟林对我说，出版社的领导也说了，翟部长对我们的声援支持，让出版社和编辑们非常感动，大家一直认为应该感谢一下翟泰丰部长。于是就让易孟林和我商量，是不是应该给翟部长买点什么礼物？我俩商量了很久，最后决定给翟老买一台即热式家用饮水机。当时这种家用饮水机刚出来不久，算是个时髦的东西，价格也不算贵，便宜的七八百，贵的也就一千二三。翟老喜欢喝茶，我们决定买个最贵的。一共一千三百多块钱，可以直接送货上门。说实话，我那时候从来没有上门送过什么礼物，心里忐忑不安，一直打鼓。出发时，我对易孟林责编说，万一翟部长不要怎么办？易孟林说，那就趁部长不在家的时候再送呗。我说，要是部长家里也不要呢？易孟林说，怎么会不要呢？这又不是什么奢侈品，不就是个饮水机吗？

　　结果没想到翟老的妻子韩老师在家，一见到我们来送饮水机，立刻连连摆手，指着客厅里的一台饮水机，家里有呢，然后又把我们带到一个储藏室，你看，这里还有两台呢，都是自家孩子送过来的。那天老翟还说了，这两个饮水机，看看哪个作家家里需要。作家熬夜很辛苦，这东西啥时候都能出热水，很适合作家用。如果哪个作家家里没有，就送给他们让他们拿走。张平你今天正好来了，赶紧把你们的退了，把这个拉回去吧。我一听呆了，什么也想到了，却没想到会是这样。

当时的情景，把我们弄得狼狈不堪，末了只有落荒而逃，尴尬离去。我们买的那个饮水机，最终留给了易孟林的出版社，而翟老家里的饮水机，后来还真的让人派车顺道送给了我。结果不仅我们的饮水机没有送出去，反而还赚了一个。后来我和易孟林每当回忆起这事，两个人都止不住地要苦笑好半天。

2010年秋天，翟老已经离休，去陕西休假，路过山西，晚上我陪他吃饭，还叫了几个他熟悉的作家、诗人。吃完饭，要去古玩市场看看。山西的古玩市场，那时已经很有规模，而且也已经完全正规化，地摊式的那种古玩市场已经基本绝迹。但有一点，古玩市场假货充斥，屡禁不绝。翟老到了市场，转来转去，最终看中了一套古瓷杯。标价不高，一万元左右。那天晚上吃饭的人里头，有一个山西诗人正好也在，他既是专家，又经营着一个古玩铺子。我赶紧问他，这套古瓷杯子是真是假。他看了半天，正好与老板也熟悉，就拉过老板了解情况，并说，这个人是我们作协的大领导，你可千万别弄假货。这个老板如实承认，确实是假的，顶多值五百元。我赶紧悄悄给翟老说，这套瓷杯是假的，值不了那么多钱。翟老笑笑说，假的我也要，我就是喜欢。说着就要掏钱，我慌忙把翟老死死拦住，并赶紧给翟老夫人韩老师悄悄说，假的假的，千万别让翟部长掏钱。但翟老坚持不肯，非要当场拿走那套瓷杯子。好在钱在韩老师身上，我赶忙给韩老师说，你先让翟部长拿走，一会儿我们再搞搞价，搞好了再付钱。翟老见我嘀嘀咕咕，便用山西话戏谑我："你们这些老西儿，啥也抠抠搜搜的，这东西一万块钱真不贵，真的假的我都要。"最终老板确实只要了五百元，在宾馆我给韩老师说的时候，韩老师坚持要把钱给我，我悄悄给韩老师说，这算啥呀，不是打我脸吗？这点钱你还要给我啊。翟老不知就里，在一旁听到我不要钱，立刻用山西话像是开玩笑但声音却很严厉地说："你这个张平，怎么当的副省长，一万块钱哪，是不是想让咱俩都犯错误？"

没办法，最终瞒着翟老，悄悄收了韩老师五百元，才算了结了此事。

如今这套瓷杯依旧摆在翟老的柜子里，后来我到翟老家里时，那套瓷杯一直摆在显眼的地方，鲜艳铮亮，确实十分打眼，十分好看。

甚至有时候我常常犯嘀咕，这套瓷杯究竟是真的还是假的？如果是假的，以翟老这么多年对文物的辨别赏识，难道会真的看走了眼？但如果是真的，那究竟是他们糊弄了我，还是我自己钻进了套子里？

我凭自己的感觉，一直觉得那次就是翟老他真的看上了那套瓷杯。七十多岁的老人，他真心喜欢这个瓷杯，就像喜欢这个社会一样。朗朗乾坤，昭昭日月，也许他绝不相信在这样一个省会城市里，在这样一个灯火辉煌，人来人往的文物市场，在一个分管文物的副省长的陪同下，会有假货堂而皇之地摆在那里。就像他的长诗，就像他的绘画，就像他的信仰，就像他为之负伤流血，呕心沥血奋斗了一辈子的美好大中国。都应该是干净的，都是纯正的，都是鲜花遍地，花香鸟语，都是美好而隽永的。

这是他至死都不会改变的。

他们这一代人，像翟泰丰老师这样的，有很多很多。

翟老去世后，我仔细回忆了很久。我这辈子最大的恩师，翟泰丰老师是其中之一。几十年间，他没有收过我一分钱的礼，没有抽过我一根烟，没有喝过我一杯酒，没有吃过我一顿饭。

连我的几个非常要好的朋友都说我太抠门。我说不是我不送，是根本送不进去；不是我不请，是根本轮不上我请。

我一直说要请翟老吃饭,但做东的每一次都不是我。

他只有一次让我给他做一次东,就是在他九十岁的时候,让我叫上他熟悉的几个作家,给他祝寿过生日。他那次说得很认真,很慎重,很动情。

但翟老没有等到那一天。

翟老去世那天,赶到家里时,连翟老最后的诀别我们也没有赶上。

翟老走得太快,太急,把无数的遗憾和追思都永远留给了我们。

在翟老家,那天我们临走时,我和黄传会对着翟老的遗像默默鞠了几个躬,第三次弯下身时,我已经是泪水满面。

我忍不住。

有哲人说过,过度的理智会伤害感情,会伤害爱。

但在翟泰丰老师这里,只有汹涌的感情和无限的爱。

我真的忍不住。

翟老经常说,作家就得靠作品说话。不管是任何理论,任何观点,任何主张,任何立场,只有拿出作品来,才能让人信服。

我们也只有继续努力,拿出真正能让人信服的作品,才是对翟老最好的告慰和回报。

愿翟老安息。

山药蛋派最后一位主将离去

久久沉默在胡正老师去世的来电中。

马烽、西戎、孙谦、束为、胡正,山西老一辈作家五泰斗中的最后一位,也离我们而去了。

胡老病势凶险,我知道这一天很快会来,但还是觉得这不像真的。

一个月前,《山西文学》六十周年刊庆,胡老精神矍铄,神采奕奕,还同我们喝了两杯酒。《山西文学》的前身《火花》由他一手创办,最多时发行近二十万册。这本刊物倾注了他几十年的心血,让他牵挂了一生。他对当代作家和文学刊物充满期待和信心，只要有好作品，就不愁没读者。

两个月前，胡老刚刚做过体检。胡老没架子，大夫们跟胡老很熟，不少人年轻时都看过胡老的作品，对胡老格外尊重。对医生和护士，胡老谈笑风生，积极配合。每一项检查下来，都要认真道谢。检查结果，除了一些老毛病外，一切正常。大家都挺放心，胡老身体没问题。

四个月前，中国作协主席团会议在太原召开，中国作协铁凝主席和党组书记特地来看望，胡老笑逐颜开，谈作家，谈作协，谈了好多，时间很长。胡老言近旨远，想得很多，很深。文学是他的生命，让他终生不能割舍。临走时，铁凝主席说胡老的身体真好，肯定是五老中最长寿的，怎么也能活个一百二十岁。胡老抚掌大笑，连说好，好。

半年前，他还给省委书记省长签名写信，胡老情真意切，倾心吐胆。筹建赵树理文学创作中心的事，不能再拖了。这是山西几代作家的夙愿，早点建起来，我们也就放心了。文学大省啊，作协要有个新气象。山西文学事业的成就，也应该让山西人和来山西的人都有机会看看。看到书记省长的批复后胡老高兴得像小孩一样，逢人就夸，这届书记省长行，山西有希望。

胡老性情刚毅直率，达观豪爽，作家协会的大事小事，都要找他商量商量。他为人正派，见多识广，考虑问题既刚正不阿，又稳健周全。"文革"后，文联作协恢复，胡老任文联秘书长，打里照外，上下奔波，文艺界拨乱反正，胡老厥功至伟。那时候，作协主席西戎、文联主席马烽、作协党组书记胡正、文联党组书记束为、电影家协会主席孙谦，真正的黄金搭档，文艺界何等气象！

正是由于他们的影响和努力，从1978年开始，一大批优秀年轻作家调入文联作协，山西作家的作品几乎每年在全国拿大奖。"晋军"由此崛起，并从此腰杆强硬地挺进全国文坛。

1984年我的小说《姐姐》获第七届全国短篇小

说奖,当时我在临汾文联做编辑,获奖的消息一直也没机会给省作协报告。等到召开省作协理事会见到胡正老师时,才悄悄说了一下。哪想到胡老一听几乎跳了起来,你这年轻人,这么大的事情怎么现在才告诉我!我和西戎主席昨天给省委省政府汇报,说今年又获了一个中篇小说奖,哪想到还有你这个短篇小说奖!太好了太好了,你可是给咱作协争气了!哈哈!我说嘛,这左眼皮一个劲儿跳,原来真有喜事!

胡老当时的神态表情和举止言谈,至今历历在目。我根本没想到胡老会这么兴奋喜悦,一个年轻作者获奖,就好像他自己获了什么大奖一样。下午开全体会时,他果然一开始就宣布,告诉大家一个好消息,我们今年又有一个作品获奖了……

再后来,也许是觉得胡老这么平易近人,竟然给胡老提了一个要求,让胡老给我的第一个短篇小说集写篇序。至今想来,自己那时还真是年轻不懂事,没规矩没礼数。也不像现在,让领导写序,提前已经把序言初稿写好。

让我刻骨铭心的是,胡老当时什么也没说一口就答应了。没几天就写好了序言,并直接寄给了出版社。多少年以后,特别是今天想起来,心底突然感到是这样的悲伤和难过!前几天去医院看望胡老,那时胡老已经不省人事了,胡老的儿子胡果眼睛红红地对我们和医生说,就想尽力让老爸多活几天,平时老爷子从来没拖累过他们,到今天了,别让他们连个尽孝的机会也没有。

这句话让我语噎了许久,至今想来,胡老走得这样急促,几十年如一日对自己的呵护和厚爱,对作协的关心和帮助,真的是让我们连报答的机会也没给!

胡老的病,说到底还是跟抽烟有关。其实马烽是这样,孙谦是这样,束为、郑笃也都是这样,几乎是一个病。胡老说过,我们那时候抗战打游击,整天窝在山沟、窑洞里,只有抽烟才是唯一的乐趣。旱烟,纸烟,用废纸卷的烟,有什么抽什么。哪像现在,还有什么过滤嘴,那会儿烟屁股都是宝,一个也剩不下。我们的那些作品,哪一部不是烟熏出来的。走到乡下,跟老百姓聊天,靠什么,还是烟。小兰花,烟叶梗,呛得人流眼泪,可老百姓说那才香。你不抽,老百姓怎么跟你说掏心窝子的话……

夜深人静,万籁俱寂。突然间,想抽烟的欲望如此强烈。阳台上,烟雾袅袅,透过烟雾,眼睛不禁有些发麻。马烽、西戎、孙谦、束为,还有胡老,都还是那样亲切,那样安详。很远似乎又很近。

一个大写的人，一部大写的书

2004年1月29日，农历正月初八，过完春节开始上班的第一天下午，突然接到省作协党组书记周振义的电话，说马烽老师的病情急转直下，高烧不退，情况很不好。紧接着马烽的女儿梦妮也打来了电话，她在电话中没说几句，便哽咽着说不下去了。我心里往下一沉，一种不祥的预感顿时弥漫开来，马老这次会不会真的挺不过去了。

在去年12月份作代会、文代会召开期间，马老还给大会写来了贺信，语重心长地嘱咐代表们一定要深入生活，努力创作。大会期间，我们和省委领导一起去探望马老时,马老当时还满面笑容,气色很好。这才多长时间,怎么会突然变成这样?

下午三时左右,周振义和我还有作协党组的几位领导急忙赶到了山医大二院重症监护室。医生此时已不再让任何人进入病房,我们都默默地在门口站着,只能听见病房内呼吸机低沉的响声。二院的白副院长给我们大致讲了马烽的病情,肺心病晚期,大面积感染,情况确实不好。现在已经高烧到39度多,心跳每分钟120左右,紧接着梦妮也过来了,她一边掉着眼泪一边说,她一直觉得爸爸还可以,没想到会这么快……

马烽的儿子,在三院工作的马炎炎大夫给我们讲,父亲的病其实在春节前就已经每况愈下,难以逆转了。能坚持到现在已经是超常的情况了。这次突然高烧不退,将会把体内最后的一点抗病能力消耗殆尽。

我们终于意识到一个必须面对的现实,感情不能替代理智,马老也许这次真的是要离开我们了。大家依然沉默着,但眼睛都红了起来。

当说到马烽的妻子段杏绵老师今天一个人在家里悄悄地哭了许久时,几个人都止不住地掉下泪来。末了,周振义书记对大家嘱咐说,不管是作协还是家里,一定要把段老师照护好,此时此刻,经受痛苦最大最多的肯定是段老师。尤其是绝不能让段老师的身体也垮下来。最好不要让段老师再来医院,千方百计地要让她把情绪稳下来,休息好。

回到机关,马上进行了工作上的一些布置和安排。办公室昼夜必须有人值班,值班领导的手机二十四小时开通,对马老的任何情况都要及时通报……

而后我们又一起到了马烽老师家。段老师脸色苍白,人也更加清瘦。看到我们,显得异常平静。其实此时任何安慰的话都是多余的,作为跟马老生活了一辈子的伴侣,她对马老的病况是最清楚最了解的。我们一再要她注意身体,注意休息,医院里有孩子们,有机关的人就足够了。她不多说话,只是轻轻地点着头。但我们刚一离开,她立刻又赶到了医院。我们也明白,作为跟马老相濡以沫的妻子,此时此刻,她一定会守候在马老身旁,一定会……

晚上打开电脑,查看着日记。跟马老相关的那些往事,历历在目。完全可以这么说:在我人生最痛苦最悲观的那段时日里,是马烽老师的作品陪伴着我度过的。"文革"期间,在我手头仅有的几本书里,就有一本马烽老师的短篇小说集《我的第一个上级》。在好多年的时间里,连我也说不清楚,这本薄薄的小说集,让我翻看了多少遍。今天看来,这本集子既是我当时的精神安慰,也是我文学的启蒙老师。它曾给了我多少美好的人生憧憬和艺术享受。马烽,这是一个多么了不起的作家,怎么会把身边的故事、人物写得这样鲜活精彩,栩栩如生,似在眼前。

十几年后，当我考上了大学中文系，当我系统地读了马烽的所有作品，当我发表了第一篇小说，当我参加全省中青年作家座谈会，第一次见到马烽时，让我惊讶的是，马烽竟是这样一个和蔼可亲，幽默睿智的长者。微微的驼背，明快的笑容，慈祥的眼神，没有一点儿架子，也没有任何异于常人的模样和表情。

原来这就是马烽，跟我想象中的马烽差距如此之大。眼前这个真实的马烽，竟然像农民一样朴实，像师长一样温和，像父辈一样敦厚！更没想到的是不久后，又是马烽、西戎和束为老师他们，亲手把我调进了地区文联，而后又调进了省文联。

前前后后，马烽老师曾三次参加过我的作品研讨会。在无数场合，马烽老师都给予过我热情的表扬和勉励。

然而这么多年来，我和马烽老师单独的交往，则少之又少。我和马老面对面的交流，也同样少之又少。对马烽老师，我有着一个永生永世也难以逾越的心理情结。除了那种敬畏和感戴，还有一点，那就是在马烽老师那种能够洞察一切，透视一切，和蔼而又睿智的眼神里，你来不得半点虚假，也用不着任何伪饰。假的你根本说不出来，真的则根本没必要再说。一个作家，你的作品足以说明一切。于是，想到马老时，总觉得有一肚子的话想说，等到了马老面前，又好像什么也说不出来。

1999年，在长篇小说《十面埋伏》的研讨会上，马烽老师正在病中，每天都要输液，但他还是坚持来了。他第一个发言，尽管时间不长，就那么短短的几句话，然而他的话却让我终生难忘，刻骨铭心：

"……张平作品的研讨会，我是一定要来的，我就是来给张平捧场的……"

去年我去看望马老时，马老也仍然只有短短的几句话，至今依然如沐春风，言犹在耳：

"张平，瞅准了路，就坚持往下走，不要在乎别人说你什么，只要群众喜欢，那就没人能否定了你的作品，更没人能否定了你的创作路子……"

这些年来，我一直想单独跟马老好好谈谈。我真想听听他对我作品的批评，真想听听他在创作上的一些感悟和理解。然而怎么会这么快！马老其实今年还不到八十二周岁！对马老的病危，我们真的感到太突然，真的难以相信。即便是马老已经进入弥留状态，我们还是觉得马老一定能挺得住，一定能坚持下来。有好多次，我都想给马老写一个条子：马老，你一定要挺住！我们都在等待着你的康复！

作代会期间，在医院里看望马老时，我也只说了一句话：

"马老师，我们都期盼着你早日康复。你一定能早日康复。"

等到第二天傍晚时分，梦妮又打来了电话，她有些兴奋地说，爸爸的情况有些好转，体温降下来了，神志清醒了，脸色也好多了，身体的其他功能也都还在正常范围。大哥从外地赶回来时，他还笑了!

我不禁有些惊诧,紧接着也跟着兴奋起来,在马老身上也许什么奇迹都可以发生。梦妮说她和妈妈商量过了,山医大二院的领导也同意,看能不能再次请示中国作协,让协和医院的专家再来一次太原。没有任何商量的余地,我们立刻连夜同中国作协进行了电话联系。

第二天上午十一时多,中国作协便打来了电话,告知手续已经办妥,协和医院感染科和重症科的两位最具权威的医疗专家将乘坐下午七时左右的飞机,以最快的速度赶往太原。

也就是这一天的上午,马烽的病情再次急剧恶化,马老已经陷入深度昏迷。上午十时左右我和周振义书记赶到医院时,医院竟破例地让我们戴上口罩进入了马老的病房。马老面色潮红,呼吸急促,胸脯在大幅度地起伏。然而让我们吃惊的是,马老的眼睛居然睁着!据周书记事后讲,他清清楚楚地看到了马老的眼珠在动!紧接着从马老的眼角里又涌出了两道细细的泪水!出了病房,周书记眼睛潮潮地对人说,马老肯定认出了我们!虽然马老已经不能说话,但他肯定是在跟我们交流……

整整一天,省长书记不断地让秘书给医院和卫生厅打电话,要求组织一切力量对马老进行全力救治。同时要求组织配合好对协和医院专家的接待以及抢救工作。山医大二院的留德博士、心血管病专家肖传实院长,在几个小时以前,就已经亲自参与了对马老的救治工作。

还有方方面面的专家都来了,卫生厅的领导们也都赶到了。

晚上八时左右,北京的飞机降落到了太原。山医大二院的白副院长亲自到机场接机,为的是抓紧时间,在路上能让专家更快更为详细地了解马老的病情。

八时四十分许,专家赶到了医院。

此时马老的病情进一步恶化。专家们连水也没喝一口，就匆匆走进了马老的病房。病房里里外外，此时足有几十个医护人员在紧张有序地忙碌着。

九时十分，马老停止了呼吸。医生们仍在全力抢救，各种能用的手段全都用上了。

九时五十分，马老心脏停止了跳动。医生们依然在奋力抢救。病房内的各种医疗器械不断发出阵阵沉闷而急促的声响。每一次让马老心脏重新起跳的时间越来越短，而每一次心脏监视器的告急蜂鸣声则越来越长……

十时三十八分，马老的心脏终于永远停止了跳动。整个现场突然一片沉寂。沉寂得让人窒息。宛如天塌了一般，所有的人都像无法相信似的呆呆地怔在那里。当这一刻终于来临时，似乎所有的人都依然无法接受。

马老的亲人都在医院里，作协的领导们也都在医院里。

马老的妻子段杏绵老师，一边默默整理着马老的遗物，一边对身旁的孩子们说："谁也不要哭，要哭就到医院外面哭去。"

然而她的眼泪却汹涌不止:"……你爸说过的,不要张扬,不要影响任何人……"

来过医院无数次的作协党组副书记毋小红说,大年初三有人来看望马老时,他还写了字让人看,大家看了好久才认出来。马老是在问,今天初几了?初八的那一天,马老竟然还表示了一个意思:今天总算上班了。也就是从那一天开始,马老的病情急转直下,再也没能回头。

马老一辈子待人宽,律己严,从不想麻烦任何人,他坚持了这么久,等到了大家上班,终于歇心了,才撒手而去。也许马老真的就是一直挺到今天,想让大家过个安生年。

那一晚,尽管已是深夜,在马老的病房周围,仍然围满了那么多闻讯赶来的人。抑制不住的啜泣声,汇成一片。

几天来,马老去世的消息不胫而走。蜂拥而来的记者,挤满了作协创研室。负责收集资料的杨占平副主席,几天来忙得脚不沾地。赶来吊唁的人群更是络绎不绝。气温下降到零下14摄氏度,马老的灵堂前,人们仍在源源不断地涌来。马老生前两袖清风,一尘不染,在他身后没有两天,用鲜花做就的花圈就已经摆满了灵堂,摆满了过道,摆满了走廊,摆满了阳台,摆满了院落。男女老少,有那么多人在为马老流泪。许许多多的老同志,站在马老的遗像前泣不成声,哽咽不止。还有我熟悉的一位马老的朋友,站在那里失声痛哭,捶胸顿足,怎么劝也劝不住。

周振义书记第二天给胡正老师报告情况时,刚刚说了两句便泪流满面,久久说不出话来。他是一个很刚强的人,他说他这辈子从来也没有这样过。

作协副主席、诗人张不代几乎想也没想,就给马老拟了几副挽联。其中一副:鞠躬一头老牛;尽瘁两袖清风。这副挂在灵堂的挽联,已经成了多家报纸的通栏标题。

文联副主席、作家王东满老师,以极快的速度给作家协会拟了一副长联:健笔一支,饱蘸生活源泉,写尽人民忧乐,开创一代文风,无愧无憾足慰平生志;清风两袖,恪守良知党性,关爱文坛新军,力倡双馨德艺,亮节高情永为后世师。许许多多的人看过后,都认为得体,确切,实事求是,毫无夸张。

应人们的要求作协机关另设了一个灵堂。有那么多普普通通的读者说,马烽我们并不认识,马烽的家我们也从没去过,但我们读过马烽的书,看过马烽的电影,所以我们想到这里来,想最后再来为马烽这个大作家送一程。

渐渐地,大家也越来越明白,这才仅仅只是开始,看看那些一个个虔诚而悲切的面孔,看看那些不断寄来的唁电和信件,看看那些各种各样的评价和赞颂,看看报纸上、网站上连篇累牍的那些文章和报道,你也就越来越感到了马烽这两个字的分量。

当听到温家宝、刘云山这些国家领导人给马烽老师送来花圈的消息时,马烽的家人和作协机关的工作人员几乎全都止不住地湿润了眼睛。

面对着马老,也许我们都应该深思:为什么马烽老师创作出的作品,在每个社会时期都会产生出强烈的社会共鸣。在马老六十多岁时,他创作的小说仍然能连续两次全国获奖,他做编剧创作出来的电影仍然能囊括金鸡奖在内的所有电影奖项,这绝不是偶然。在文学创作上一辈子一直走在时代的最前列,这都是因为什么?

这些年来,如果不是身体欠佳,如果马烽老师还走得动,还能深入到基层去,相信他一定还会写出为广大读者和观众所喜爱的优秀作品,也一定还会创作出在社会上产生重大影响和强烈反响的精品力作。

马烽是一个真正忠于生活,忠于人民的作家。而只有忠于生活,忠于人民,并甘心为人民写作的作家,才会真正得到人民的尊重和爱戴。

马烽老师的文学创作,是山西文学界的一座高峰,也同样是当代中国文坛一道亮丽的霞光。马烽的很多作品,包括他的小说、影视、歌曲、弹唱,至今仍然给人们带来诸多精神的愉悦。今天我们回头翻看马烽的创作之路,以及那一辈作家作品对中国当代文学发展走向的影响,仍然会是一次新的体验和回味。

在创作上,马烽老师给我印象最深的一点就是,他的观点、他的立场,他的创作始终是一致的、统一的。他是一个从精神到言行、认知始终都是整体合一的人,从来没有摇摆过、倾斜过、屈从过。

"文革"中,他和赵树理一样都受过批判,但他平反出来后,依然坚持自己的创作道路,从来没有过什么变化。就像写于抗战时期的《吕梁英雄传》,在大敌当前的烽火年代,今天无论用什么样的角度来看,这样的作品也应该是最适合那个岁月的作品。我们不能脱离当时特有的时代特征和政治氛围,以今天的某些标准把那个时代的文学创作一笔勾销,更不能忽略无视马烽的这些作品在那个特有年代的积极作用和重要意义,一股脑儿把他们的写作都划归为解放区文学和十七年文学的范畴。

马烽的作品常常被戴上服务于政治的帽子,但马烽很少进行过这方面的辩解和争论。他对文学讲得最多的只有一条,就是优秀的文学作品、受群众欢迎的作品,必须来源于生活,也只能来源于生活。马烽老师曾经说过,"我的创作就是照猫画虎,照葫芦画瓢,群众喜欢什么,我就写什么"。也正因为如此,他的那些现实题材作品,才获得了社会的广泛共鸣和重大反响。

像马烽、西戎的《吕梁英雄传》,以今天的有些文学标准,似乎显得有些粗糙和生硬,但是,这部作品恰恰就是抗战时期口口相传、人人爱读的畅销小说,六十多年后,这部作品被改编为同名电视连续剧,依然大受欢迎。还有像《我的第一个上级》《我们村里的年轻人》《结婚现场会》《咱们的退伍兵》

等，都曾是风靡一时的文艺作品。

这一切，完全与他个人的生活经历和时代命运息息相关。他出身于社会底层，成长于抗战时期，十六岁入党，打过游击，当过战地通讯员，在他心目中，新中国的成立，是历史性的巨大变迁。从封建王朝及列强辱华、军阀混战、日寇侵略，一直到抗战胜利、全国解放，是中国历史上前所未有、天翻地覆的进步和变化，也是他亲身经历、亲眼所见的真切感受。所以他的作品服务于他经历的那个时代，对他来说，是天经地义的必然，完全是一种出自本能的自觉，不可动摇，也绝不会动摇。

以马老的人生经历回看马老的创作道路和文艺作品，一切顺理成章，水到渠成。这样的作品和这样的创作，不能不让我们肃然起敬。

在生活中，马老也同样是一个完整的人、透亮的人。我在作协工作时，我们用的司机就是当年给马老开车的司机。日常生活中，司机讲得最多的就是马老的为人。一提起马老，司机就赞不绝口、激动不已。他给我说了无数马老的往事，至今让我记忆犹新。

马老烟瘾很大，但不论下乡还是挂职，从不收受别人给他的香烟或其他礼品。即使从很远的地方回来了，发现车的后备厢里有放下的香烟或什么东西，就立刻让司机连夜给送回去。这样的事情经历得太多了，司机后来也自觉了，只要有人送东西，坚决拒绝。

司机说，即使是工作上的事，马老也从不占公家一分钱的便宜。他第一次跟马老去北京开会，路上吃饭花了六十元钱，回来要去报销，马老生气地说，我们自己吃饭还要公家报销？一人三十块，自己吃自己报。打那以后，不管到什么地方，十几年如一日，不只是工作用餐，包括话费、信函费、复印费，都是他自己掏钱。作协财务处梁跃进处长说，来财务处工作这么多年，马老从没报销过任何额外的开支。一个部级领导,像他这样的真不多见。

马老的人格还体现在他对作家的态度上。山西在"文革"以后成长起来的一批作家,几乎都是他和西戎、胡正几位老师一手调到作协来的。当时的晋军崛起,马老厥功至伟。马老的作品和创作常常被别人说三道四,但他对当时山西文坛的文学作品和创作态势,很少有门户之见、里外之分,只要是在当时有影响的、获过奖的,他都一视同仁,能调来的立刻调来,调不来的,想尽一切办法也要把你调来。调来之后,还常常关心你的家庭情况和爱人的工作情况。能马上解决的马上解决,马上解决不了的会一直记在心上,一直会想尽办法给你解决。这样的人格和这样的胸怀,也一样让我们肃然起敬。

马老最后的离别,几乎给所有的作家都上了一课。大家一定会看在眼里,铭刻在心里。

只有真正属于人民的作家，才会真正获得人民的喜爱和怀念。

马烽老师是一个大写的人。

马烽老师本身就是一部大写的书。

愿老师的大爱和温情洒满人间

一回想起我的少年时代，常常禁不住地要记起我的一个老师来。

父亲当时被打成"右派"，送到陕西的某个农场"劳教"去了。母亲和我们兄弟姊妹四人，一齐从西安被遣回祖籍新绛县刘峪村。

我上学的时候，父亲留下的那点儿积蓄早花光了。爷爷奶奶都年逾古稀，早已丧失了劳动能力。我们兄弟姊妹四人都还年幼。公社化，凭工分吃饭。这么一大家子只靠母亲一人，无论怎么精打细算，日子也越来越过不下去了。

但学总还是得上的。为了省下我们的书钱、学费钱,一斤煤油,一家人两盏油灯竟能用半年多。家里养着几只鸡,但面带菜色的爷爷奶奶连一个鸡蛋也舍不得吃。有时候,连盐也买不起,一月半月也难得买一回菜。到了冬天,一家人整日整月地就只吃咸菜、吃面酱。

然而这一切,对我们这些童心未泯,不谙世事的孩子来说,苦和愁似乎并不存在,也似乎全都意识不到。只要能上学,只要能填饱肚子,哪怕整天吃糠咽菜,眼前的世界便全是欢乐。

夏天,对那时的我们来说是个最美好的季节。大热天,好赖身上只要有件衣服就行。鞋破了,五个脚指头全露出来也无所谓。渴了,就喝口凉水。热得不行了,就去下池塘。但一到冬天,就难过了。家里生不起炉子,被子破破烂烂,旧棉衣也难耐风寒。年龄小,穿衣服费,棉袄棉裤不是撕了口子便是烂了窟窿。一双棉鞋,一个月就能蹬得鞋帮鞋底分了家。一双袜子,半个月就会捣透,越补越烂得快，于是又常常光着脚。

记得是二年级了吧，腊月天，我上学迟到了。这在冬天是常有的事。我跟奶奶住一间小屋。屋子又小又黑，大白天也像夜里似的。冬天夜长天短，六点半上学，其实天还黑着。家里又没表，全凭奶奶叫，奶奶估摸时间，常常不是太早就是太迟了。那一天，奶奶病了，昏昏沉沉地一直睡着。当我赶到学校时，早操早读已过，同学们已在上第一节课了。

我连喊了六七声报告，老师也没让进去。我知道这一节课的罚站是罚定了。罚站我倒不怕，我怕的就是冷。我们的教室正好在厕所旁，厕所外便是旷野，刺骨的西北风越过低矮的厕所墙，呼呼呼地直往我身上灌。我走也不能走，蹲也不能蹲。只能缩成一团站在那儿。没多会儿，就觉得两手发木，双脚发麻，浑身打抖，鼻子耳朵也好像不是自己的了，鼻涕怎么抹也抹不完。

也不知过了多久，我突然觉得身后有只手扶住了我。我回头一看，是一个个子高高的老师。他一手推开教室门,一手把我轻轻推进了教室,然后又轻轻关住门走了。

我顿时感到暖和极了。虽然我仍然站着,一直到下课老师也没让我回到座位上去,但同门外相比,就好像是另一个世界,毕竟好受多了。

那时候自己太小了,对此似乎并没有太强烈地感受到什么,然而到今天只要一回想起这一幕来,就总也忍不住地要湿了两眼。

时过境迁,几十年过去了,这个老师的这一幕,一直牢牢地占据在我的脑海里。

这个老师便是我上了高年级后,做了我们班主任的李生梓老师。

李老师纯朴正直、和蔼亲切,脸上总也挂着微微的笑意。他很少批评学生,打骂的事更是没有。但班里的学生谁都对他极为尊敬,我们班的纪律在学校评比中也总是最好的。这在当时谁也觉得是个谜。农村学校,老师体罚打骂学生的事是极为常见的。整齐的队形、安静的课堂、严格的纪律、驯服的学生，往往都是在教师的教鞭和拳头下产生的。唯有李老师，却从来没有过这些举止，至少我从来也没遇到见到过。我想，这除了李老师的学识渊博、治教有方外，大概就是同他那对学生无微不至的关怀，循循善诱的教导，父辈一般的温情有关吧。他对任何一个学生都是那么亲切、和善。说起话来，也没架子，都是那么平易近人。在李老师跟前听课、学习，同李老师交谈，总觉得自己好像一下子就变大了似的，以至那种久被压抑几近于泯灭的自尊也渐渐得到了恢复。别说批评了，李老师有时一个责怪的眼神，也会让我们难过好多天。

那时正是"社教"时期，"五类分子"子女，已渐渐成了不齿于人类的狗崽子。冷漠、歧视，愈演愈烈。那一次上体育课，因体育老师不在，临时换了一个老师给我们上体育课。这个老师因平时不带体育，做示范动作时，有几个地方做错了，我们忍不住都笑了起来。这个老师气恼不过，从笑的人里头一下子便把我揪了出来，"啪！啪！"就给了我两个嘴巴。我一下子就被打愣了,不由自主地便回了一句:"我做错什么了你打我!当老师还打人哪!"他一听便又狠狠打了我两个嘴巴,骂道:"你这狗东西,别人打不得,你还打不得!"我没服软,仍是不服气地盯着他。见我这样,他一脚又把我踢得滚在地上,然后揪住我的耳朵便把我往操场外边拉,一直拉了足有一百多米远。我的嘴上、耳朵上全是血,头发也被揪下一大把。当时已经下课了,学生围了一大片,他还是不住地骂:"你这个狗惠子,也敢回嘴!今天就打了你了,你要咋的!你给我老老实实在这儿站着!我今儿饶不了你!"

就这样,就像被示众似的,站在校园里也不知站了有多久。猛然间,只见李老师从远处"腾腾"地走过来,狠狠地拨开人群,一下子把我从里面拉了出来。他也不说什么,只是气汹汹地在身后推着我,一直把我推到了他的办公室里。

我当时一句话也没能说出来,但我看出来了,感觉出来了,李老师在拉我推我时,虽然是一脸的愠怒和激愤,但在这种愠怒和激愤里,却有着一种唯有我才能感受到的东西,那便是一种对我的怜惜和心疼。就好像自己的孩子被别人打了,不能去斥责别人,只能埋怨自己孩子一样。我甚至看到了在他眼眶里浸含着的悲愤的泪水。

在办公室里,我依然僵僵地站着,他坐在床上,也久久不吭一声。我原以为他多少会数落我两句的,但他始终没有。到后来,他拿起床上的小笤帚,递给我,只轻轻说了一句:

"去,到外边把身上扫扫。"

我照办了。回来时,他已经倒了一盆温水,把我拉到盆子旁,摁下我的头,轻轻地给我擦拭耳朵上的伤口和脸上的血迹。

我一下子便哭出了声。

不知为什么,怎么忍也忍不住。那个老师那样揪我,那样拉我,那样骂我,我都一直没哭,然而在这会儿,我却哭得泣不成声。一直到我洗完,走出办公室,一直走到回家的路上,我还是止不住地泪流满面。

我当时并没有过多地去恨那位老师,我只是一味地想着一件事,假如有一天要是有哪个人敢像欺负我这样地欺负李老师,我就跟他去拼命,就是为此伤了死了也心甘情愿。

我不知道我为什么会这样去想。也许这便是那时一个弱小的孩子对自己的老师唯一能做到的一点回报吧。尽管微不足道,但却是实在的,真诚的。

一转眼,我也已经人到老年了,岁月的长河,早已冲刷掉了许多的记忆,然而唯有这两件事,却像刻在心上一样,总也未能抹去。而且常常越来越真切,就像发生在昨天一样。

学生和老师,既是一种最可珍贵的关系,也往往是一种极为淡漠的关系。许多老师,多年之后,常常会忘了自己学生的名字,忘了他们曾经做过的事情,甚至连自己的学生也认不得了,然而他们的学生却是永远记着老师的,尤其是那些让他们终生也不能忘记的老师和终生也无法忘却的往事!尽管身居异地，分隔千里，甚至终生也难能再见，然而这种情愫，这种记忆，却会永远珍藏在他们心里。在漫长而曲折的人生道路上，永远给他们以鼓舞，给他们以勇气，让他们永久地品尝着人生中最可珍贵的东西。

愿天下所有的学生，都能像我这样，在自己的学涯中，能碰到像李生梓那样的老师。

我的李生梓老师今年已经八十七岁了，他八十九岁的老伴因为中风，已经卧床八年，生活不能自理。让我们万分钦佩的是，老伴病倒后，李老师没请保姆，平时也从不拖累儿女，自己一个人精心料理着老伴的衣食住行。分分秒秒，时时刻刻，朝朝暮暮，日日夜夜，从无松懈，从无怠慢。老师的老伴，一直神志清楚，气色和润，身上从来没有过褥疮、水疱、溃疡一类的病症，身心一直十分健康。整整八年了，这是一个漫长的岁月，也是一个令人敬仰的奇迹。

只有心怀大爱、大善、大德、大仁、大慈大

悲、大节大义的人，才会有这样地久天长的情意和恩爱。

　　愿天下所有的老师，都能像李生梓老师那样，把他那甘霖般的大爱和温情洒向每一个学生，洒遍人间的每一块地方。

刀郎的歌声,撼动了谁的心弦?

喜欢刀郎的歌,从刀郎的出场开始。

二十年前,刚出场时的刀郎,常闻其声,少见其人。满街都是刀郎的歌声,但那个神秘的刀郎很少有人见过。

很多人说,这就是饥饿疗法中最具效力的一种,越觉得好听,就越想看到这个人;越想看到这个人,就越觉得好听。

那时候,大家耳熟能详的歌几乎都是高、大、上,青春,荣光,鸟语,花香,边关的晨曦,家乡的月亮……

刀郎就像一个另类,放声高唱着《2002年的第一场雪》《西海情歌》《情人》《披着羊皮的狼》《手心里的温柔》《冲动的惩罚》《黄玫瑰》……横空而出,陡然踏进了那个年代,涌进了人们的心里。

饱含沧桑,略带沙哑的嗓音,抑扬顿挫,句句扎心;柔情如水,又高亢昂扬。就像一嘟噜珍珠,那一串串歌词,人人心中有,人人笔下无,俱在意料之外,尽在情理之中。

什么样的人,才能唱出这样的歌,才能写出这样的词。

久盼的刀郎终于出现了,一切仍在意料之外,情理之中。圆圆的脸,凝情和善。眼睛黑亮,真诚略带羞怯。身材敦实,匀称有力。一个纯正标准东方人的面孔,温暖而亲切。

那时候大家都觉得这个刀郎背后一定有一只助力的推手,一个强大的背景,一股雄厚的资本,否则,刀郎怎么可能会以这样的方式,会在这样的时刻,突然出现在人们的视野之中。

但事实最终让大家都看得明明白白,这个年轻的刀郎,除了才华,他几乎一无所有,就是凭着一股青春的激情,凭着自己对音乐的激情和挚爱,单打独斗地闯进了云谲波诡的音乐市场。

最终的结局我们也看到了,刀郎含着热泪,泣不成声,哽咽着"谢谢你",离开了对他这个异类毫不留情毫不珍惜的当代歌坛。

尽管刀郎拥有着最多的歌迷,但这些歌迷都只是最普通最底层的歌迷,他们可以和刀郎一起放声痛哭,一起捶胸跌足,但他们谁也挽留不了刀郎从歌坛的离去。

无奈的刀郎歌迷,他们属于这个时代最大的群体——沉默的大多数。面对着无望的刀郎,他们的选择只能是沉默,只能是泪水,只能是忍耐和等待。

这些沉默的刀迷,一遍一遍忘情地哼唱着刀郎的歌,一次一次默默地泪流满面,将近二十年后,终于等到了锲而不舍,不屈不挠,压不破,打不垮,捶不扁,煮不烂的那颗铜豌豆刀郎的回归。

刀郎的回归,让刀迷们奔走相告,欣喜若狂。

刀郎再次给他们带来了那么多惊喜和激情,《罗刹海市》《花妖》《镜听》《路南柯》《翩翩》……

刚一听有些陌生,又一听心里打战,再一听禁不住泪流满面,字字推心置腹,句句披肝沥胆。

五十岁的刀郎,一点儿没变,还是原来的刀郎,还是我们的刀郎,还是时时想起的那个刀郎。

都是掏心窝的那些话,都是日思夜想的那些话,都是想说却一直没能说出来的那些话。

我们的刀郎回来了!

这么多新歌,都是自己心里的痛,这么多新词,都是自己心底里的憋屈。

初听不通曲中意,再听已是曲中人,听着听着就笑了,笑着笑着又哭了,哭着哭着心碎了。

——"珠儿"就是刀郎吗?就是我们吗?就是那些小鬼吗?小鬼们的生命占据通往神殿的路,人和地府的纽带就是这些小鬼们。冠冕堂皇的人,念经诵佛,却毁善从恶。不得超生的小鬼,却穿越阴阳,一心救人。有些人活着,却在做着鬼的事;有的鬼死了,却依然散发着人性的光辉。我们被这个社会有权有势的人玩弄的世界,给算计了,给利用了,给安排了,是他们撕毁了诺言,践踏了美好,谎话连篇,藏牌弄千,装神弄鬼,幻化人间,我是和亲人们唯一的联系,也是失落人间唯一的凭证。我们要去告诉昨日所有异界同梦的爱人,告诉他吻过的山川与河海已经醒来,辉煌的神殿已经倒塌,冰寒的地狱不复存在。我们现在努力做的事将是大美大爱,会列载史册,会成为永恒的记忆,在人们心中熠熠生辉,世世留存。有的人,必须得我们去记住;有的记忆,必须是我们来保存。新的生命,需要继续救赎世人,为我们,为我们自己的孩子去呐喊,去抗争,给我们的孩子换来一个灿烂的人生和未来。

——"罗刹海市"在哪里呢?就在我们身边,就在那三寸黄泥地。罗刹国里常颠倒,马户爱听又鸟的曲。勾栏从来扮高雅,自古公公好威名。草鸡打鸣当司晨,半扇门楣上裱真情。红描翅,黑画皮,绿绣鸡冠金镶蹄……对这些,我们用不着猜来猜去,也用不着愤世嫉俗,因为那些马户不知道自己是只驴,那些又鸟不知道自己是只鸡,更不知道他们怎么洗也是个脏东西。那马户又鸟,是我们人类根本的问题。

——眼前的人是不是就是"花妖"中的她,或者他?我们都曾上过奈何桥,我们也都喝过孟婆汤,我们一定记不起来了,也许上辈子我们一定深爱过,以至生离死别,万里殉情,这辈子才会重相逢。人生就是几十年,好好珍惜吧。看看你曾山盟海誓过的恋人,手指粗糙了,两鬓斑白了,皱纹也越来越深了,这一切,像不像花墙下弥留的那一束枯黄?是不是那一只秋夜湿淋淋的雨中倦鸟?千万莫要让满城的汪洋,都变成我们的泪水……我的心似流沙放逐在车辙旁,他日你若再返必颠沛在这世上。你看那天边追逐落日的纸鸢,像一盏回首道别鬓夜的风灯。初听已知曲中意,再听已是泪迷离。词中无一个情字,却情深似海;无一个爱字,却爱得死去活来;无一个痛字,却让人肝肠寸断;无一个悲字,却让人撕心裂肺。谁不曾有遗憾过往,谁又在驻足祈望。入心入魂,如泣如诉,百听百感。问世间情为何物,直教人以生死相许……

——最悲切,最不忍卒听的是"镜听"吗?以为"花妖"就是天花板了,没想到"镜听"又成了一道天花板。古代社会,女孩十五六岁嫁人,战争时期年龄会更小。平民百姓,农家子弟,昨日征召入伍,今日嫁娶过门,明日随军而去,一别即是来生来世。数不清的战事,数不清的尸骨。清朝大小金川之战,历时三十年,清军惨胜,死伤无数。民间战前结婚,就是企望能给家门留下骨血,以续香火。那时的女子,三从四德,层层束缚,毫无自生能力。一旦嫁人,丈夫就是自己的天,自己的地。

就是原野，就是穹隆，就是她的一切。她就是无根的女萝，漂泊的浮萍，就是一茬一茬的离离原上草。十八年未归，又没有子嗣，在家中自然不会有任何地位。眼看着青丝变白发，几乎遗忘了模样的丈夫又毫无音讯。除夕之夜，占卜带来了更坏的消息，于是自缢身亡，惨绝人寰。一更鼓儿天，十八年离别，只剩了最后的思念；二更鼓儿敲，泪珠儿对对往下掉，极悲之人，才会两眼泪如泉涌；三更鼓儿咚，窗棂不动哪来的风，踢开了脚下的凳子，才有了身体下坠的那一束寒战；四更鼓儿催，天上鸿雁往南飞，魂亡魄散，她才会在阴间与丈夫相会。劝君听听"镜听"吧，那些整天喊着打打杀杀的人，请珍惜眼前的和平吧。战争年代，知道最苦的还有哪些人吗？凄绝的和声，断魂的唱词，泪崩的唢呐，萧飒的琴音，冷酷的撕裂，无语的煎熬，天青地黑，鸦默鹊静，深夜沉沉，万念俱灰。此时看看身边的亲人，想想自己的儿女，纵然铁石心肠，焉能不泪飞如雨……

刀郎太牛了，一下带来了这么多的新歌。耳朵怀孕，目不暇接，神不守舍，骨腾肉飞。太多了，太妙了。像那首被称为刀郎最深刻，最锐利，最悲悯，最具哲理思辨，最具民本立场，最耐人思考的《路南柯》；像那首无比飘逸神奇，无比优美华丽，受人喜爱，令人惊叹，极富想象力，让我们心神荡漾，带有普遍意义的《翩翩》；像那首更犀利，更透彻，更荒诞，更丑陋，更具现实性，更具批判性，更有战斗力，更有直面感的《颠倒歌》；还有，像那首让杜十娘怒沉百宝箱的《瓜州渡》，月如刀，水似血，钱乃毒物，情成噩梦，躲不过的污浊，跨不过的围墙。看看身旁，又有多少薄情负心的李甲郎，又有多少痴情贞烈、身藏大爱的杜十娘；还有那把飘摇在风雨中的《还魂伞》，说的是你吗？是他吗？是我吗？本是良善之家，安分之人，努力进取，以求大成，却不承想流落至此，受尽凌辱，备受折磨，阅尽人间冷暖，看不穿苦海无边。为什么会这样，为什么？这把"还魂伞"，能否给我一丝最终的期盼……

每一首都是经典，每一首都是奇篇，每一首都是神曲。

刀迷们听了哭，哭了听，唱着哭，哭着唱，不停地哭，不停地听，不停地唱。

刀郎的歌，促成了刀迷们眼泪的汪洋，成了普通民众的节日狂欢。

刀郎的复出，沸腾了刀迷，震颤了歌坛，惊艳了世界。

一首《罗刹海市》，不到一个星期，点击量突破100亿，目前已达400亿。据不完全统计，刀郎新歌在全球的播放量，即将突破1000亿。

这是中国歌者在全球音乐界一个前所未有的数字。

口碑载道，好评如潮。

打开网络，处处都是刀郎的身影。俯视平台，刀郎的嗓音，好似一片巨浪惊涛。

大家都以为刀郎这次会留下来了，这样的刀郎，没有人可以再为所欲为，没有人可以再翻手为云，覆手为雨。

但刀迷们都想错了，也都大意了。当然，只有刀郎是清醒的，也有一部分刀迷也开始有了醒悟和警惕。

新媒体时代，一些权贵和资本市场往往会以另外一种形式展现出来，变成了新的你看不见摸不着的马户和又鸟。

刀迷们率先发现了，在抖音上，刀郎的粉丝停留在1400万上下，再也不会增加了。按说这个数字也不算少了，但比起那些动辄2000万，3000万，4000万，5000万，8000万，9000万，甚至上亿的歌手或网红们，刀郎还比不过这些人吗？还比不过他们的一半，三分之一，五分之一吗？

所有的圈子都静悄悄的，所有的媒体几乎都是沉默的。

沉默得令人窒息，令人疑惑，令人费解。

刀郎回来了，但以前的那些氛围好像什么也没有变，什么都还是老样子。

于是有一天，刀郎突然发视频了。网络是有记忆的，2023年12月6日那一天，视频上的刀郎看不出任何表情，也没有任何解释，也没说任何原因，说他做了决定，给大家请个假，暂时要离开大家了。

最短也许是一年，最长也许是两年三年，甚至更长。

刀郎说他还有创作计划，需要有大量的时间去采风，去乡下，去田野工作，而且明明白白地说，在这期间，他没有任何开演唱会的计划或者动机。

至于别的，刀郎做了慎重声明：大家放心，我不会被一些人利用，让我与整个行业为敌，我的歌曲也没有受到任何平台恶意的下架和胁迫，这些都是谣传，请大家不要相信……

刀迷们蒙了。

就像当头一棒，蒙得彻底而又茫然。

怎么了，到底是怎么了？

这次连哭也来不及，刀郎就像一道雨中的彩虹，倏然间便在人间消失了。

还不如上次那样地离开，让刀迷们有机会告别，有机会放声痛痛快快地号哭一场。

几乎让所有的人都没想到的是，这次刀郎并没有让刀迷们等得更久，顶多也就十个月，刀郎再次回来了。

不是假话，也不是造谣，更不是自媒体蹭流量，刀郎真的回来了。

紧接着，刀郎的演唱会就开场了。

明眼人也许感觉得到，刀郎似乎在宣战了。

似乎是在告诉人们，不能这么忍气吞声了，也不再这么隐姓埋名了，隐忍了几十年的刀郎，已经五十三岁了，他不能再让他的歌迷们等下去了，他也没有更多的时间让歌迷们再等下去了。

刀郎是属于刀迷的，属于民众的，这个庞大的音乐市场，不能就这么拱手交给他们，更不能让他的刀迷们再这样苦苦等待下去。六十年代、七十年代的刀迷已经老了，八十年代、九十年代的歌迷也要进入中年了，放弃了他们，等于刀郎的时代已经过去了，结束了。

没有刀郎的时代，音乐市场一定还在，但一定会是另外一番模样，另外一幅场景。

刀迷们被这突然到来的惊喜再次打蒙了，依旧蒙得是这么彻底，这么茫然，在刀郎的演唱会开场之前，几乎连思考，连回味，连深究的时间都没有。

幸福和兴奋来得是如此突然，所有的准备都没有，一切都来不及。

2023年8月30日，刀郎在故乡四川的演唱会——甚至让很多人还没找到地方，找到位置——就正式开场了。

破天荒的线上演唱会。

演唱会的名字："山歌响起的地方"。

演唱地点：资中，四川的一个县，刀郎的家乡。

《虞美人·故乡》是演唱会的开场白，是刀郎对故乡的泣诉，是对亲人的跪拜，是这台演唱会的主旨和灵魂：

……

该死的风花雪月

是让我如愿的感觉

蹉跎的无知岁月

是年少的号角佝偻的骨节

陷落的古城不归的河

我最后的天际

忧戚的母亲祈祷着

孩子的远行

少年的梦啊　入暮的云烟

都裹着殓衣归来

那背乡离土的憧憬

是光阴的遗骸

穷困的富贵　卑贱的荣华

深谙囹圄的人啊

怎么忍心对你唱

这满身鞭痕的年华

我只能在没有哀愁的梦境里回来

我怕你亲吻我的脸庞发现我满脸的悲悔

我怕你追问离去的父亲

你年迈的孩子

……

我怕我见到你我会愧对原来的自己

我怕你亲吻我的脸庞发现我眼里的泪

我怕你问我为何丢失了年迈的父亲

我怕你见到你无言面对原来的我

……

当刀迷们在很久很久以后看到这首歌的歌词时,就会在回味中满眼含泪地被深深触动。我们的刀郎,这次也许是真的回来了,死心塌地地回来了,也真的不会再离开了。

即使是刀迷,也没有想到刀郎的演唱会是在线上,是在这样的一个时刻,是在这样的一个氛围里开场了。

刀郎的线上演唱会,没有伴舞,没有嘉宾,没有妆造,没有道具,没有装造,没有演出服,除了几束简约的灯光,几乎没有任何屏幕背景。就像刀郎的复出一样,弱得没有任何后台,但强得几乎没有对手。

整个演唱会,主唱就刀郎一个人,整整演唱了四十多首歌曲。都是刀郎的歌曲,都是刀郎亲自出场,没有假唱,没有对口型,没有休息,没有替换,甚至没喝一口水。即使在下雨中,刀郎也没有让听众等待,他以主持的身份,现场采访了他的几个得意高徒。刀郎一律称他们为老师,没有架子,没有隔阂,没有套话,更没有居高临下,幽默风趣而又其乐融融。几分钟后,继续冒雨开唱,刀郎一个人从晚上八点一直唱到凌晨一点多。

刀郎沙哑的嗓子更哑了,但他的感情更真挚,演唱更投入,更加沧桑的嗓音留住和打动了更多的观众。

老歌,新歌,耳熟能详的歌,刻骨铭心的歌,大家都会唱的歌,唱了几百几千遍的歌,唱一遍哭一遍的歌,全都上来了。

如痴如醉,酣畅淋漓。

让无数刀迷万分遗憾的是,整整一晚上,一直等到演唱会结束了,还有数不清的刀迷们仍旧没有找到这个直播平台,仍然没能进入到这个线上演唱会。

即使如此,这一切,并不妨碍刀郎超常的号召力和影响力。5000多万人同时在线观看,点击率突破7个亿。

免费观看演唱会的听众,包括刀迷,每个人的打赏,被限制在两元之内,同时还被告知,这些打赏都要捐赠给慈善机构，但四个小时之内，仍然收到了2600万元之巨。

这是一个恐怖的数字，在互联网诞生以来音乐界的历史上，前所未有，登峰造极。

这期间，所有演唱和转发刀郎歌曲的自媒体，粉丝和点击量，都以数以万计的速度在增长。

事实上，演出还没有结束，整个网上几乎就沸腾了。欢呼声，赞美声，排山倒海，所向披靡。

刀郎的演唱会，让各大平台对刀郎所蕴含的超常能量与价值规模震颤慑服和刮目相看，也让那些资本们看到了这其间所蕴含的巨大商机和无限收益。

一个刀迷在网上点击量上万的呐喊声，震颤着所有人的心灵：

"——刀哥，你为什么不直播带货呢？你就是卖土，我也一定买你二斤！"

就这么一句话，看哭了无数人。

从这句话里，人们看到的是刀迷对刀郎无私的痴爱，而资本们看到的则是滚滚的金钱和海量的财富。

也许直到今天，人们才会看得明明白白，刀郎的回归复出，既是资本在利用刀郎，更是刀郎在借力资本。

没有资本的挑战，刀郎不会复归；没有刀郎的超霸，资本也不会臣服。

是一种巨大的，无形的，硕大无朋的力量，瞬间压倒了一切，战胜了一切。

于是刀郎的线下演唱会，很快便在狂涛一般的欢呼声和热盼之中登场了。

资本们明白，已经用不着再试再看再等了，直接开场即可，完全可以放心的是，所有的商家都会在刀郎这面旗帜下，赚得盆满钵满。

在绝对的实力面前，一切对手都只是浮云。

面对山呼海啸的刀郎回归，资本们俯首称臣，马户又鸟们再次全线溃退。

事实也正是如此，刀郎的第一场线下演唱会在成都，第二场、三场，在广州，第四场、五场，在南京，然后还有厦门，合肥，北京，上海，武汉……

　　这是刀郎真正的回归，将与自己的刀迷们直接面对面现场交流。

　　所有门票全部秒光，根本不够抢，根本抢不到。

　　卷土归来，横扫三军。刀郎的演唱会，确确实实成了刀迷的狂欢，成了民众的节日。

　　排山倒海，震天撼地，势大力沉，雷霆万钧……

　　场内万人大合唱，场外百万大聚集。

　　那些现场直播的机构媒体，每场都在十家之上，每个平台现场观看人数都在300万到600万之间。

　　所有现场直播的自媒体，即使是偷偷直播的手机视频，观看人数几乎都瞬间上升为10万+。

　　最多的一个自媒体平台，直线公开展示，两个小时的浏览人数，达到了将近400万。有多个网友，在网上展示了一场演唱会有十多个直播平台参与，观看人数全部都是10万+。

有人统计过，在演出现场直播的个人手机视频，每场演唱会都数以百计，甚至更多。

直播点赞数每场都在千万以上。

更为夸张的是，由于现场的刷屏人数过多，网络竟多次陷入瘫痪。

反过来，可以毫不夸张地说，在网上观看刀郎线下演唱会的观众数以千万计，数以亿计。

三场演唱会，每场演唱会的热度都在7.5亿以上。

这是前无古人的数字，一个令人惊叹的奇迹。

刀郎再没有在直播平台上露一次面，但刀郎账号的粉丝不知不觉中已经悄悄增加到2000万。

最大的奇迹是演唱会场内场外，万人合唱，万人流泪，一遍一遍地伴唱，一遍一遍地恸哭。声嘶力竭，痛彻心扉。

网友涓涓溪流在网上感慨万端地评论说："1949年建国以来，作为音乐家，从来没有一个人具有如此卓越的专业音乐创造力，从来没有一个人具有如此巨大的社会感召力,从来没有一个人具有如此深刻的道德影响力,从来没有一个人具有如此普遍的民族认同感,从来没有一个人能让我们的后人认识到正直、才华和爱,才是华夏民族延续至今的基因和最为高贵的品德。刀郎,罗林先生,一位屹立于世界音乐之林的人民音乐家!"

看看网上来自各个群体,各个阶层,各个年龄,各种不同的声音吧。

> ……
> ——一个人的哽咽,一群人的泪流;一个人的青春,一群人的过往……情感的宣泄,这一刻,大家脱下那沉重的面具枷锁,活成真实的自己。
> ——场内的哭了,场外的也哭了,刷视频的也哭了。大家都哭了,哭的不是歌,哭的是生活的酸楚,无能为力。

哭的是压抑已久的情绪。哭自己逝去的青春，哭自己爱而不得的人，哭自己生活过得乱七八糟的情绪，刀哥老了，我也老了。

——告诉大家为啥哭得稀里哗啦的，想发个朋友圈诉苦，好像不太合适，想找个人倾诉一下压抑的心情，翻遍整个通讯录也没找到那么一个人。于是我又像往常一样，咽下所有的情绪，一个人熟悉的世界在一点点消失。我们也开始慢慢变老了，刷着刷着就想哭了，我们这代人啊，点过煤油灯，看过黑白电视，看过连环画，骑过二八杠。拿着玉米秆当甘蔗吃，在村口偷过瓜，小河里摸过鱼虾，钻过麦田，逮过蚂蚱，这一切仿佛都在昨天却已经成为了遥远的回忆，小时候画在手腕上的表，从来也没有走过，却带走了我们美好的时光，小时候小卖铺的东西都想买，但是口袋里没钱，长大以后超市里的东西都能买，却不知道买什么能快乐，小时候哭着哭着就笑了，长大以后笑着笑着就哭了，致敬刀郎，致敬经典，致敬我们逝去的青春……

——刀郎演唱会，大家都哭了，哭的是自己这一身傲骨，却像个小丑，尝遍了酸甜苦辣，却还要像个没事人一样苟延残喘。没有七十二变，却要经八十一难。

——前奏响起，泪流满面。想起高中的课间广播每天流淌出的旋律，想起那无惧无畏的青春岁月。看着身边身材发福、头发稀疏的中年男女，原来青春离我们那么远了，在那个物质匮乏的年代，我们像疯狂的野草野花，没有指引与方向，肆意生长，无边无际。又仿佛被无形规矩和要求包围，那种压抑的感觉和内心深处渴望被理解的想法不断交织碰撞，成为我们压抑又无法释放的情绪。那就是青春吧，那个时候还在想着以后选择什么职业，找什么样的人结婚。现在，过几年就陆续开始张罗孩子的婚事了。已经快要忘记我们曾经也有期盼与梦想，不要嘲笑大雨滂沱中淋湿的人，不要嘲笑那些边唱边流泪的人。那眼泪无关刀郎，无关某个人。是缅怀那段最自我最喜欢的时光，还有接受不想老去又不得不老去的无奈。

——这几天最火的就是刀郎了吧，台上的哭，台下的哭，在场的哭，不在场的也哭，就连我这个七〇后，隔着屏幕都哭得泣不成声。有的人说你哭啥，我哭啥，我哭我这么多年来的不容易。从创业当老板到负债累累的种种心酸，哭我这个中年人，上有老下有小的不容易，哭我钱钱没赚到，家家没顾好，娃娃没照顾到，到头来，发现不亏欠任何人，唯独亏欠的只有自己。其实眼泪不是为刀郎而流,而是为自己流的,每一个人经历的生活的酸楚,工作的压力,还有压抑已久的情绪。这些年都太不容易了,因为我们就是普通而平凡的人,有泪自己擦,有痛自己忍,委屈了憋着,天大的事得自己扛,除了坚强我们别无选择。

——怎么能不哭呢?七〇、八〇后,但凡有点上进心的,一边内耗,一边自愈,一会儿想开了,一会儿又纠结了,想发个朋友圈诉苦,好像又不太合适。最后还是刀郎抚慰了我们的伤痛,释怀了我们失去的青春……

——要是能来贵州,我也带我老公去看一场,只为了让他在现场放下身上的包袱,放声大哭一场,毕竟他一个人承担起了养家糊口的责任,每天心疼他,不知道怎么安慰他,他心里一定也有不为人知的苦楚需要发泄出来。

——听了这些歌我确实扛不住了。一个人悄悄哭了一晚上,第二天眼睛还肿着。活了半辈子,年轻过,冲动过,也后悔过!句句歌词直戳人心!纵横回忆泪流满面!

——这首《川江号子》,唱出了人生的不易,不知不觉间已泪水滑落……生活在沱江边,听着号子声长大,父亲用拉船养活一家,听着,听着,泪流满面……父亲已经离开二十年……

——为什么我总是为他的歌声泪流满面,不能自已。几年前,我先离婚后失业,还得了一种叫美尼尔的怪病,让我生不如死,万念俱灰。我感觉被这个世界抛弃了,无数次对着镜子里的自己狠抽自己的耳光,骂自己是一个废材,是一个败家的畜生。活着无颜面对体弱多病的母亲,死了没脸去见英年早逝的父亲。一度萌生念头,想去大海任凭翻滚的浪花吞没我肮脏的躯体,抹去我在这个世界存在的痕迹。直到有一天,仿佛是一道自鸿蒙喷涌而出的仙泉,洒落在我这片干涸开裂的贫瘠之地。他不是医生,却以歌词为药材,以曲调为药方,缝补那些深藏人们心里难以愈合的伤口。原来这世上还有这样一个人,他拥有万倍于我的天赋才华,却曾经比我还穷,比我还落魄。可他高山般的信念,大海般的胸怀,几十年如一日的执着,凝聚成了划破苍穹,仿佛能斩尽世间一切魑魅魍魉的锋芒,将囚禁我多年的牢笼劈成了粉末,我有如死灰的眼睛,闪过一道灵动的神采,魂魄归位,幡然醒悟。就在那一刻,我看到了三十年前重病的父亲对我的恋恋不舍,看到了母亲四十年含辛茹苦对我的无微不至。看到了贪婪愚蠢的我，是如何埋葬自己的青春年华，深陷囹圄。这些震撼灵魂的声音，让我的病也好几个月没再犯了。妈妈，我本该已是流落在奈何桥上的孤魂，却顺着一个人的歌声回来了，你那个迷失在黑暗森林，丧失了血性，丧失了理智，丧失了梦想的儿子回来了……

——一直在琢磨，喜欢刀郎的都是什么人，我现在明白了，三观正的，内心纯净柔软的，朴素爱国的，爱憎分明的，疾恶如仇的，为生活奔波还能一心向阳的，执着于内心的，对老百姓有悲悯情怀的——刀郎是个什么样的人，喜欢刀郎的就是什么样的群体，这样的标签群体，就不分年龄，不分男女，我用拔高的一句话来概括，刀郎以及喜欢他的所有人，就是咱们中国的基本盘呀，有了这个庞大的群体，咱中国就能渡过千难万阻，您仔细琢磨，我说的有没有道理？

……

"喜欢刀郎的歌的人，就是咱们中国的基本盘。"高屋建瓴，一语道破，朴实而又深刻。

刀郎的歌吻合了老百姓心里的凄楚无奈，汇集了底层人生中的酸甜苦辣，感受到的是在这块土地上的磨难负重。

他们是中国沉默的大多数，是一直在努力，在奋斗，在隐忍，在坚持的大多数。

几十年人生过程中的酸楚和苦难，他们不想，不愿意，也没有机会和时间给任何人诉说。反过来，也没有任何人允许他们诉说，更没有任何人愿意倾听他们的诉说，他们没有，也找不到任何人可以诉说。年迈的父母，年幼的孩子，疲惫的妻子，只能是向他们诉说，向他们发泄，而他们自己，只有倾听，只能隐忍，只是在默默地承受。

多年前，我们满腔的忧虑、郁闷和高压，还

可以在歌厅，在剧场，在体育场去呐喊，去翻唱，去呼号，去"雄起"。但如今的歌厅和剧场，已经成了小众艺术场所。不争气的足球，更是让无数无辜的球迷一次次地被压抑，被窒息。

城市化的今天，已经年迈衰老和离开人世的父母，让饱受磨难困苦的人们早已失去了可以哭诉，可以埋怨的场所和对象。

很多很多的人们，在熙熙攘攘，人声鼎沸的城市之间，连一个放声大哭的场所和机会都没有，只能默默地哭泣，无声地流泪。

他们只能隐忍着，憋屈着，蒙受着，承担着这一切的一切，把所有的委屈和痛苦都沉默在无语的思绪里，压抑在幽深的心底里，雕刻在满脸的皱纹里。

其实这个队伍十分庞大，包括所有的人，所有的阶层，甚至包括老板，包括领导，包括网红，包括明星……

他们都需要一个倾诉的场所，一个需要宣泄的机会。

今天，只有刀郎回来的今天，是刀郎给了他们这样一个机会和场所，让他们大声诉说，给他们放声咏唱。千千万万刀郎一样遭遇的人们，是刀郎给了他们抚慰，给了他们一个从来没有的窗口，让他们倾诉，让他们宣泄，让他们号啕和流泪。

刀郎也说得清清楚楚、明明白白：

> ……
> 穷困的富贵　卑贱的荣华
> 深谙囹圄的人啊
> 怎么就忍心对你唱
> 这满身鞭痕的年华
> ……

于是，在这样的一个场所里，面对着同样伤痕累累的刀郎，他们一起唱，一起哭，一起放声号啕。

已经不是演唱会了，是刀郎和歌迷们在互诉衷肠，在一片泪水中追忆着各自坎坷悲酸的人生。

刀郎的演唱会，成了追忆青春的思域风暴，成了缅怀岁月的情感决堤，人人都在酣畅淋漓地宣泄，个个都在泪水滂沱地哭诉。台上的刀郎泪光闪闪，天下的观众汪洋一片。

含泪地唱，忘情地哭，几乎成了刀郎演唱会的主基调。

这就是刀郎超越演唱本身的演唱会，这就是刀郎的歌引发的社会共鸣，情绪共振，苦乐共享。

有人说，刀郎现象，展现了音乐的最高境界，也应是所有艺术的至高境界。

也有人质疑这种共振和反响，认为这不是高雅艺术、严肃艺术应有的效果。

一个网友厉声怒撑，斩钉截铁：

"……你们这些躲在象牙塔里的所谓的家们，别再拿什么农民，审美，严肃，主义，流派，哲学说事蹭流量了，是你们丢弃了大众，大众也早已把你们丢弃了。你们早已成了时代的弃儿,如今依旧毫不自知,还以为自己仍然高高在上,整天阴阳怪气在网上刷存在感,没感觉也没羞耻吗?不反思也不脸红吗?"

这些话,也许有些偏激,但确实值得所有文艺界的人深思。我们的现实,需要那么多高深的理论和教诲吗?

每年数以千万计的大学生、中专生,现如今占总人口一半以上大中专学历的或就业或失业的人们,真需要那些专家们居高临下地呵责和指导吗?

这些圈子里的专家,还有这个资格吗?百姓的难,百姓的累,百姓的酸甜苦辣、悲欢离合,百姓的无助和希冀,百姓的情感和期盼,这千千万万的普通大众,你们关注过吗?关心过吗?发过声吗?呐喊过吗?

这些所谓的专家们,早已没有话语权了。现在的话语权,不在电视电台,不在报纸杂志,更不在圈子里,而是在网络新媒体和自媒体的评论区。

一个刀郎,簇拥着六〇后,紧靠着七〇后,俘获了八〇后,感染了九〇后,正在呼应着〇〇后,他和他们一同会聚在剧场中,一同汹涌在歌声里,一同怒吼在评论区。

"刀郎,我爱你!"

这是剧场里,这是万人齐声的呐喊和表白。

"刀郎,你让我们终于有了自己的大舞台!这次我们一定不会让他们再欺负你了,一定不会再让你离开了。我们明白了,你是我们的,我们一定要保护你,留住你!"

这是点赞无数的网友在评论区一句留言。

我们毫不怀疑,在古今中外的社会上,总是有各种各样的圈子和阶层。

每个圈子,每个阶层都有自己的审美和所爱。

这没有异议,无可厚非。

但任何人不能也不应该把自己的标准和倾向,附加在所有的人头上,甚至认为只有这样,才是一个理想化的文明社会，一种高层次的文化氛围。

其实从来都不是这样，也从来做不到这样。自古以来，人民大众从来都拥有自己的选择，自己的取舍。

各美其美，美人之美，美美与共，天下大同。这应是文明和文化选择的最高标准。

阳春白雪，下里巴人；或高雅，或通俗；或严肃，或娱乐；或宫廷，或市井；或上流，或平民。这些都是专家们常常辩解和争论的话题。但事实上，从古到今，不同的阶层，不同的圈子，都各有各的天地，各有各的庙堂。

刀郎带给我们的另一个课题就是，在现阶段，在当下中国，我们的文化，我们的审美，是不是也仍然还有着一条隐藏的界限，还有着一道无形的不可逾越的鸿沟？

谁在整固它？谁在守护它？又是谁在操弄它？

在这个根本问题上，人民的发言权在哪里？人民的选择权又在哪里？

而如今,是刀郎的歌声,拨响撼动了当下中国沉默大多数的心弦,他们开始清醒了,开始觉悟了,开始登场了,并开始了自己的选择。

人民需要属于自己的文化和艺术。

有人说了,因为有了奥黛丽·赫本,我们的未来才不那么沮丧;因为有了大仲马,我们意识中的雅俗才不那么尴尬。其实这个句式还可以增添很多:因为有了诗经楚辞唐诗宋词,我们的文化才显得斑斓多彩;因为有了宋元明清小说戏剧,我们的文艺才从庙堂下落到民间;因为有了蒲松龄,我们面对阴阳生死才毫无惧色;因为有了刀郎,我们对人生才有了更多的惆怅和留恋……

我们爱"绣红旗",我们爱"万疆",我们同样也爱刀郎,所谓的各美其美,美美与共,就是让恺撒的归恺撒,让上帝的归上帝,让人民的归人民。

人民的广泛参与和呼应,才是真正的时代文化,才是崭新的美好时代。

跟着《黑神话：悟空》游山西

游戏《黑神话：悟空》火了，把山西的旅游也再度带火了，火得一塌糊涂。

隰县小西天，国庆节的旅游，突然而至，浩浩荡荡，应接不暇的游客，几乎把整个政府班子成员都吓出一身冷汗。小西天其实就是在悬崖峭壁上的一个古寺院，窄窄的一条道路，两边都是深渊，山头上的小西天寺庙里，最多也就能容纳几百人。一下子拥上去数千上万人，想想会发生什么事情？不过这样的一个小西天，你可别因为地方狭小而小觑了它。这个小西天，可是寺庙之翘楚，悬塑之绝唱。《黑神话：悟空》用它作背景，应是独具慧眼，超凡脱俗。看看图片你就知道了，什么是悬塑，什么是绝唱，什么是超群绝伦，什么是皇家审美。只要能到了小西天，论哪头都值。

说实话，像小西天这样的景观，如何管理，如何应对越来越多的游客，仍然是个世纪难题。

山西，一个承载着丰富历史与文化底蕴的省份，自古便是中华文明的重要发源地之一，每一砖一瓦都雕刻着千年的故事。由于地理等诸多原因，数千年来，山西地上古文物建筑，未曾经过毁灭性战乱和破坏，大都奇迹般地被保留了下来。其地上绵延不绝的文物景观，宛如一部部生动的历史长卷，处处都在诉说着中华民族的辉煌与沧桑。从雁门关的雄浑到云冈石窟的精巧，从晋祠的古韵到应县木塔的巍峨，从壶口瀑布的惊涛骇浪到五台山佛教圣地的徐缓静谧，从悬空寺的神奇玄妙到小西天的悬塑绝唱，每一处都是中华民族的绚烂史册，每一帧都是蕴藉隽永的文化见证。

山西省作为全国古文物保留最多的省份，其文物资源之丰富、历史底蕴之深厚，素有"地上文物看山西"的美誉。对此有人不同意，一个小小的山西，凭什么？说来话长，山西是小，但位置独特，易守难攻。当年日本人打到这里，也打不动了，处处是山，处处关隘，进到山西，除了穷，还有到处都看得到的古庙古寺。据说日本人也信佛，见了寺院也不怎么狂轰滥炸，于是，这些文物大都保存了下来。还有一点，山西上千年以来，没有更多的战乱，也没有更大的灾难，古代中国，不管是哪个地方，只要能有和平，没有灾难，人口就不是问题，否则也不会有好几次的山西大槐树下的大移民。山西山多地少，十年九旱，适合保存文物，只是人多了也养不活，移民也算是一个出路。即使"文革"期间，由于穷，这些寺庙大院大都分给了贫下中农做了住房，还有的做了学校。于是这些文物古迹就这么奇迹般地被保留了下来。

据不完全统计，山西现有不可移动文物达

53875处，其中古建筑就有28027处，约占全国十分之一；全国重点文物保护单位531处，居全国之首。全国仅存的3座唐代木构建筑佛光寺、南禅寺、广仁王庙均在山西。元代及元代以前的木结构古建筑509处，约占全国80%以上。这些文物不仅展示了山西悠久的历史文化，更成为了《黑神话：悟空》等文化作品的重要灵感来源。

《黑神话：悟空》作为一款以《西游记》为背景的国产单机游戏，自发布以来便以其精美的画面和深度的文化融合赢得了广泛好评。而在这款游戏中，山西的古建筑、塑像和壁画等元素更是被大量运用，使得山西的文物和景观在游戏中焕发了新的生机，尤其是随着国产游戏《黑神话：悟空》的火爆上线风靡国内外网络，山西的文物景观再次以全新的视角和精美的画面展现在全球玩家面前，引发了年轻一代对中国地上文物景观的广泛的关注和热议。

因为一款游戏而喜欢上了山西，这大概就是文化的力量。

山西古建筑奇观，让历史与现实在游戏中交汇显现

在《黑神话：悟空》这款游戏中，山西古建筑元素随处可见，它们不仅为游戏增添了浓厚的文化氛围，更是对山西古建筑的一次生动再现。如五台山寺庙群的神秘展露，让整个游戏充满了奇异和灵圣之感。五台山，作为佛教圣地，其寺庙群在《黑神话：悟空》中不仅得到了精美的还原，同时增添了无穷的情趣和神验。游戏中的某些寺庙场景，如显通寺、菩萨顶等，均是以五台山寺庙群为原型设计。显通寺作为五台山的首刹，历史悠久，规模宏大，寺内文物众多，景观风格独特，这座中国古建筑中的瑰宝，成为游戏中的一大亮点。而菩萨顶则以其金碧辉煌的宫殿式建筑和浓厚的藏传佛教氛围，带给人们不同的震撼感和体验感。说实话，就是在游戏里面，即使见到了佛祖，岂可不尊。游戏里的原话："悟空，见了如来，为何不拜？"

乔家大院与王家大院的华丽展现，拉近了现实与历史的距离。其实乔家大院"出圈"的经历，就曾让山西受益匪浅。当年的电视剧《乔家大院》火遍国内外，随后，乔家大院立刻人潮汹涌，摩肩接踵。那年正好陪朋友去了趟乔家大院，当时还没有现在这么多私家车，也没有当今这么发达的交通网络，没想到小小的一个乔家大院居然人山人海，挤得水泄不通，站在人群之中很难移动。平时只需几十分钟的游览，那天整整挤了四个多小时都没有转完。今天可以给大家交个底，如果有一天乔家大院挤不进去，那就直接去平遥古城。为啥？因为平遥古城，就是由无数个乔家大院组成的一个古县城。

乔家大院与王家大院，作为山西民居宅院的典范，也在游戏中得到了充分的展现。乔家大院以其独特的"三雕"艺术（木雕、石雕、砖雕）和丰富的历史文化内涵，让游人叹为观止，也成为游戏中的一大看点。山西的大院文化以其宏大的规模和精美的建筑工艺，展现了古代山西人民的巧夺天工的智慧和创造力。在游戏中，人们可以近距离欣赏到这些宅院的精美细节，感受到古代山西人民的审美追求和生活方式。

巍峨挺立的应县木塔，作为中国现存最古老、最高的木结构塔式建筑，也在游戏中得到了生动的再现。应县木塔，又称佛宫寺释迦塔，位于朔州市应县佛宫寺内，始建于辽清宁二年（1056年），整个木塔以近70米的高度，30多米的直径，包括塔基近万吨的重量，是世界上现存最高大、最古老纯木结构楼阁式建筑之一。据传木塔建造之时，方圆百里内百年以上成材大树被尽数砍伐，共消耗木材约4000立方米。木塔广泛采用斗拱结构，无钉无铆，完全由纯木打造而成。此塔曾被评为吉尼斯世界第一高木塔，与意大利比萨斜塔、巴黎埃菲尔铁塔并称"世界三大奇塔"。《黑神话：悟空》中的某些场景借鉴了应县木塔的建筑风格，使得游戏中的建筑更加具有历史厚重感。其独特的建筑风格和精湛的工艺，让人们在游戏中也能领略到这座千年古塔的巍峨与壮美。

应县木塔，由于地基沉淀，渐渐以每年平均0.2毫米偏移量往东北方向倾斜。当年我曾和省文物局给国家文物局汇报过对木塔的维修方案，但由于专家的意见不一，一直到今天也没有拿出一套真正的维修方案。文物局有专家对我说过，这古人的智慧真是太厉害了，我们现在最担心的就是，如果把这座木塔拆下来，估计就再也整修复原不回去了。

到底该怎么办？我曾在一次会议上说过，现在不修，那就像击鼓传花，总有一天，木塔轰然倒塌，那时候谁当领导，只能让谁来承担责任。

是不是这样，也许真的是杞人忧天。神奇的应县木塔最神奇的就是千年不倒，大震不垮。当年冯玉祥对战阎锡山，两百发子弹，十六发炮弹从木塔之中横穿而过，居然没有引发一次爆炸，也没有引发火灾，更没有让木塔有一丝倾斜。也许这座木塔本身就是神灵之作，冥冥之中，自有众神护佑。

石窟艺术：游戏中的佛教文化瑰宝

《黑神话：悟空》不仅将山西的古建筑元素融入其中，还将石窟艺术这一佛教文化瑰宝进行了生动的呈现。

云冈石窟出神入化的精美雕刻，令中外游客心驰神往，馨香祷祝。云冈石窟，作为中国四大石窟之一，以其精湛的雕刻技艺和独特的艺术风格而闻名于世。云冈石窟规模宏大、雕刻精美。景观壮丽飘逸，雕刻技艺精湛。在《黑神话：悟空》中，人们可以欣赏到云冈石窟中的众多精美雕刻作品，如佛陀、菩萨、飞天等。这些雕刻作品线条流畅、形象生动，展现了古代工匠的高超技艺和丰富想象力。同时，游戏中的场景设计也巧妙地融入了石窟艺术的元素，让人们仿佛置身于千年前的佛教圣地之中，同时也能感受到古代中国人民的刚毅博大的胸襟和魄力。山西有三个必去的地方，都是世界文化遗产：云冈石窟，五台山，平遥古城。其实那年我曾跟国家文物局局长私下交谈，山西古文物遗址俯拾皆是，世界级文化遗产成堆成片，为什么世界文化遗产只报了这三处？局长笑了笑说，都让你山西报了，跟别的省份怎么交代？后来我又问，如果山西再报世界文化遗产，应该还有哪些？局长立刻回答，那太多了，比如应县木塔，比如晋祠，比如关帝庙，比如稷王庙，比如楞严寺，比如善化寺，比如……最后局长说了，山西的好地方好东西太多了，只要报上去，差不多都能顺利地批下来。最后他言犹未尽地说了一句，其实整个山西就是一座文化遗产宝库，到了山西，处处都是世界文化遗产，申报一次就足够了。

即使是石窟艺术，在山西也可谓琳琅满目。除了大同，还有位于长治的全国最大的明代石窟群金灯寺石窟，规模宏大，塑造精美，石窟中的大佛、菩萨、金刚、罗汉等造型，均以佛教人物为主，形体秀美，装饰富丽，秉承唐宋圆润风格之遗风，独具明代峻峭娴静之特色,是中国石窟艺术的尾灯华章之作,具有不可替代的独特地位。

位于太原的太龙山石窟群,大大小小的佛像有一千五百余尊,还有浮雕,藻井,画像一千二百多幅。高的十多米,最小的仅有十几厘米。其造型的纯熟,比例的适当,线条的柔和,雕刻的精细,完全可以和云冈石窟相媲美。在春晚亮相的"最美微笑",便来自于天龙山石窟第8窟的巅峰之作。

这些精美的石窟艺术,都有意无意地会成为各种艺术形式的背景和借鉴。众多石佛或丰润雍容,或体态端庄,或表情威严,或端庄凝重,神采奕奕,技艺精湛,极富感染力。

古城遗址:游戏中的历史记忆

《黑神话:悟空》不仅将山西的古建筑和石窟艺术融入其中,还将古城遗址这一重要的历史文化遗产进行了生动的再现。

至今古色古香的平遥古城，作为中国保存最为完整的四大古城之一，其独特的城墙建筑，古老的街道布局和丰富的文化遗产，也是游戏中的一大亮点。在游戏中，人们可以漫步在平遥古城的街道上，欣赏到古城墙、古民居、古商铺等历史遗迹，感受到古代中国城市的繁华与喧嚣。平遥古城的完好保护得益于全国人民的监督和关注，古城墙的每一次剥落、坍塌和损毁，顷刻间都会成为国内外公众事件和新闻热点。平遥古城的传承和保护，也都会成为平遥历届政府的重大职责和第一压力。

历史悠久的大同古城同样在游戏中得到了生动的再现。作为北魏都城、辽金陪都，大同古城有着悠久的历史和丰富的文化遗产。在游戏中，玩家可以欣赏到大同城墙的雄伟壮观和古城内的众多历史遗迹，如华严寺、善化寺等。这些历史遗迹不仅展示了古代中国人民的智慧和创造力，也让玩家在游戏中感受到了历史的厚重与沧桑。

我在政府工作那几年，经常与兄弟省份交流参观考察。每次回来,都止不住喟然长叹。其他省份的文化遗产,保护的那么好,管理的那么严格,走进去一看,很多都只是传承了几百年的文物和遗产。而回到山西,随便见到一个古迹,一查时间,至少也是上千年。山西的文化遗产太多了,要把这些文化遗产保护好,需要全社会的努力和支持,就像国家文物局局长说的那样,整个山西就是一个大的世界文化遗产。

壮丽多彩的古寺名刹,使神话复活为现实

《黑神话:悟空》中游戏背景取景地大都来自于山西的古寺名刹,让人们在游戏中全视角感受着这些古老寺庙的奇崛魅力。

闻名四海,无可名状,令人惊叹的悬空寺,位于大同市浑源县恒山金龙峡西侧翠屏峰峭壁间,始建于北魏后期(491年),历经数次大震,至今不朽,不腐,不倒,不坏,不变形,不褪色,距今已有一千五百多年历史。悬空寺以其险峻的建筑风格和独特的文化内涵吸引了无数游客和学者。

五台山的佛光寺，是中国仅存的四座唐代古建筑之一。佛光寺以其精美的唐代建筑、雕塑、壁画和题记而闻名海内外，当年梁思成和林徽因夫妇看到保存完整的佛光寺时，激动得泪流满面，恸哭不止。佛光寺当之无愧为"中国第一国宝"。《黑神话：悟空》中的部分游戏场景就有对佛光寺的东大殿和文殊殿等建筑进行取景，将这座唐代古建筑的独特魅力展现得淋漓尽致。

五台山的南禅寺，大殿重建于唐德宗建中三年（782年），为现存最古老的一座唐代木结构建筑。寺中唐代雕塑精湛，堪称珍品。《黑神话：悟空》中的某些场景也借鉴了南禅寺的建筑和雕塑风格，使得游戏中的场景更加具有历史感和艺术感。

被誉为天下一绝、"东方彩塑艺术的宝库"的双林寺，位于平遥县中都乡桥头村北，以彩塑而闻名于世。双林寺内的彩塑造型生动、色彩艳丽，具有很高的艺术价值。很多看了双林寺的游客，都止不住地赞叹：到了平遥城，不看双林寺，会让你遗憾一辈子。《黑神话：悟空》中的某些场景便取景于双林寺的彩塑艺术，让人们在游戏中领略到这一独特的艺术魅力。于是又有人说，玩了《黑神话：悟空》，如果不看双林寺，会让你后悔一辈子。

曾让梅兰芳大师模仿欣赏过三个月之久的太原晋祠花旦侍女雕塑，只要在现场观赏过这尊彩雕的人，无不被其饱满真挚的表情所震颤，正面看侍女含羞带笑，似乎刚刚得到圣母的夸奖，喜溢眉梢。而从侧面看，却隐约可见其红肿的眼睛和含泪的眼角，生活的辛酸和古代艺人的苦楚，以及只能忍耐和沉默的表情惟妙惟肖，展露无遗，令人叹为观止。在晋祠雕塑中，还有一座被郭沫若奉若至宝的彩塑，就是圣母殿里的圣母像。1959年夏天，郭沫若游览晋祠后写下了一首《游晋祠》，显示了郭沫若当时真实的心情。"圣母原来是邑姜，分封桐叶溯源长。隋槐周柏矜高古，宋殿唐碑竞辉煌。悬瓮山泉流玉磬，飞梁荇沼布葱珩。倾城四十宫娥像，笑语嘤嘤立满堂"。

临汾小西天，又名千佛庵，始建于明崇祯二年（1629年），坐落在凤凰山悬崖峭壁之上。大雄宝殿内保存了大量精美的悬塑艺术，被誉为中国悬塑艺术之"绝唱"。铁佛寺，位于高平市区东南五公里的米西村，寺内的彩塑同样具有极高的艺术价值。晋中镇国寺：是中国佛教寺院中现存的三处五代建筑之一，其中的彩塑更是全国寺庙殿宇中保存至今的唯一五代作品。五台显通寺。始建于汉明帝永平年间，是中国最早的佛寺之一。寺内铜殿铸于明万历三十八年（1610年），共用铜十万斤，是中国国内保存最好的铜殿之一。位于朔州市朔城区的崇福寺，保存了大量辽金时期的建筑和文物，具有浓郁的辽金风格。广胜寺，坐落于临汾市洪洞县，寺院始建于东汉桓帝建和元年（147年），曾遭数次大地震，历经千余年的兴废重建，现存主要为明代建筑，形制结构仍保持元代风格。广胜寺内的飞虹琉璃宝塔、水神庙元代壁画和《赵城金藏》等文物都是弥足珍贵的宝藏。

晋城玉皇庙，位于晋城市区东北约13公里处的府城村北岗上，是晋城地区保存最完好、规制最完整的玉皇庙，其二十八宿彩塑更是被誉为中国传统寺观造像中的里程碑式作品之一。《黑神话：悟空》中展现的二十八星宿彩塑，便是玉皇庙这一彩塑的完美移植，充分显示了这一寺庙的独特艺术魅力。

游戏中的壁画元素也借鉴了山西的壁画艺术，如芮城永乐宫三清殿壁画，洪洞广胜寺壁画。都是中国壁画的珍贵宝藏，对优秀文化的继承和研究起到了重要作用。这些壁画图幅宏大，场面恢弘，线描精巧，画工精良，以其丰富的色彩、生动的形象和深刻的寓意，展现了宗教文化的博大精深。

这些寺院不论是彩塑、壁画还是建筑，历经千年以上，多数没有经过任何重塑和改造，至今依然栩栩如生，《黑神话：悟空》中对这些场景的借鉴、移植和选用，大大增添了游戏的冲击力和诱惑力，妙不可言，深不可测，进入游戏，浓郁的历史氛围顿时扑面而来，如身临其境，分不清现实和虚幻。让你在享受游戏的快感时，不断感受到历史文化所带来的震撼和惊叹。

自然风光与游戏场景的完美融合

除了丰富的文物景观外，《黑神话：悟空》还将山西的自然风光巧妙地融入游戏中。这些自然风光不仅为游戏增添了独特的魅力，也让人们在游戏中领略到了山西的自然之美。

五台山以其独特的地理位置和气候条件，孕育了丰富的自然景观。在游戏中，人们可以欣赏到五台山的壮丽山川和秀丽景色，如巍峨的山峰、清澈的溪流、茂密的森林等。这些自然景观不仅为游戏增添了独特的魅力，也让玩家在游戏中感受到了大自然的神奇与壮美。

壶口瀑布的震撼壮观,曾感动了历史上的无数文人墨客。我曾陪过一位著名导演,他是第一次到壶口,愣了半天,突然情不自禁,放声号啕,他一边哭一边喊:"这就是中国啊,这就是中国!"令周边的人无不动容。壶口瀑布作为山西的著名自然景观之一,也在游戏中得到了生动的再现。壶口瀑布以其震撼人心的壮观景象和独特的地理特征而闻名于世。在游戏中,人们可以近距离欣赏到壶口瀑布的壮丽景色和磅礴气势,感受到大自然的伟力和魅力。

在游戏的梦幻之中,当你踏着孙悟空的筋斗云,飞越五台山的云海,穿梭于平遥古城的街巷,横跨太行大峡谷,腾跃吕梁山脉的小西天,悬浮在壶口瀑布之上,感受着这一切震撼人心的壮美,你会有更多的收获和惊喜……

《黑神话:悟空》,让山西文化的美再次被赋予了奇幻色彩。火爆的山西旅游,等待着游客们一一佐证奇幻与现实高度融合的华丽行程,一定会让你亲身感受到这份从虚拟到现实的神奇体验与跨越。

综上所述,山西地上文物景观以其独特的魅力和深厚的文化底蕴,成为了中国乃至世界文化遗产的重要组成部分。而《黑神话:悟空》的火爆上线,更是为这些文物景观注入了新的活力和魅力。通过山西文物景观与《黑神话:悟空》的交相辉映,让全球玩家可以更加直观地了解山西的历史文化和自然风光,感受到这片古老而神奇的土地所蕴含的无穷魅力。同时,《黑神话:悟空》的成功经验也为山西文旅产业的发展提供了有益的借鉴和启示。

有玩家说了,人这一辈子,一定要跟着悟空游山西!

诚哉斯言。

愿每一位来到山西的游客,都能在这片古老而神奇的土地上,找到属于自己的那份感动和收获。

图书在版编目（CIP）数据

沉默大佛与无言口碑 / 张平著. -- 北京：作家出版社，2025.5 -- ISBN 978-7-5212-3292-9

Ⅰ. I267

中国国家版本馆CIP数据核字第2025YV5497号

沉默大佛与无言口碑

作　　者：张　平
责任编辑：宋辰辰
装帧设计：小贾设计
出版发行：作家出版社有限公司
社　　址：北京农展馆南里10号　　邮　　编：100125
电话传真：86-10-65067186（发行中心）
　　　　　86-10-65004079（总编室）
E-mail:zuojia@zuojia.net.cn
http://www.zuojiachubanshe.com
印　　刷：北京博海升彩色印刷有限公司
成品尺寸：120×185
字　　数：116千
印　　张：9.625
版　　次：2025年5月第1版
印　　次：2025年5月第1次印刷
ISBN　978-7-5212-3292-9
定　　价：52.00元

作家版图书，版权所有，侵权必究。
作家版图书，印装错误可随时退换。